清真集
（批注本）

（宋）周邦彦 撰
（清）郑文焯 批校
张如意 李俊勇 校注

图书在版编目（CIP）数据

清真集：批注本 /（宋）周邦彦撰；（清）郑文焯批校；张如意，李俊勇校注. — 北京：商务印书馆，2021

ISBN 978-7-100-19284-2

Ⅰ. ①清… Ⅱ. ①周… ②郑… ③张… ④李… Ⅲ. ①宋词—选集 Ⅳ. ①I222.844

中国版本图书馆CIP数据核字（2020）第262591号

权利保留，侵权必究。

清真集
（批注本）

（宋）周邦彦 撰
（清）郑文焯 批校
张如意 李俊勇 校注

商 务 印 书 馆 出 版
（北京王府井大街36号 邮政编码100710）
商 务 印 书 馆 发 行
三河市尚艺印装有限公司印刷
ISBN 978-7-100-19284-2

2021年3月第1版　开本 880×1230　1/32
2021年3月第1次印刷　印张 5 3/4

定价：48.00元

集評

沈伯時云凡作詞當以清真為主蓋清真最為知音且自一種市井氣故雖變化詩句而脫去之邦彥不通音律下字用韻皆有法度故方千里和詞亦能謹依腔不敢稍失尺寸沈偶僧云邦彥提舉大晟樂府每製一詞名流輒為賡和本雙方千里樂本楊澤民合和之曰三英詞周清真有齋玉芥成長調尤善鋪敘富豔精工王國維美成深遠之致不及歐秦唯言情體物窮極工巧故不失為第一流之作者但恨創調之才多創意之才少耳陳廷焯美成詞極其感慨而無處不鬱勃所謂意愈厚而愈不迫也王國維美成之詞開清真見有柳欹花斛之致心人肌骨視淮海不啻蝉蜕矣周介存云美國身力獨絕千古如頤平原書難未臻兩晉兩唐初之法至山大海後有作者莫能出其範圍矣曰玉讀清真之詞每覺他人一鉤勒便淺清真一鉤勒愈渾厚彭羨門云美國詞共十三字子玉鼓珠鮮未有以真軟媚兩方之

前　言

郑文焯（1856—1918），字俊臣，号小坡，又号叔问，别号鹤翁、鹤道人、石芝崦主、大鹤山人等，别署冷红词客。工诗词，精音律，擅书画，以词人著称于世，与况周颐、王鹏运、朱祖谋并称"晚清四大词人"，著述颇丰，有《大鹤山房全书》存世。除了诗词创作，郑文焯尤长于词籍整理，擅长声律之学，将词律与校勘结合，每多确论。其于姜白石、吴梦窗、周邦彦三家用功尤多，整理的《清真集》考据准确，校勘精审，为晚清词籍整理的典范之作。专门著作之外，郑文焯的词论常见于所批词集，丹黄满纸，每多精微之论。这些手批本，传于今者，学者珍视，图书馆皆入善本。所批周邦彦词集尤多，河北大学图书馆所藏者即为其中一部。

一

郑文焯所批周邦彦词集，目前所见者主要有三种：一种据《增订四库简明目录标注》，有郑批《片玉词》一种，原本已不知去向，吴则虞藏有杨寿枬的过录本，曾在所校《清真集》中使用，将郑批录于校记和所附参考资料内，使世人得见此种郑批面貌。这个批本，底本为汲古阁本《片玉词》，据款识，批校时间大约晚于郑氏自刊《清真集》。一种为刘崇德教授藏本，此本为郑文焯手批真迹，底本为王鹏运《四印斋所刻词》。据刘崇德教授《关于郑文焯批校本〈清真集〉》一文所述，此本朱笔圈点，蝇头细批，字体清隽，偶有点窜涂乙，题识中署款仅一见，为"鹤道人"。批校时间也在郑刊《清真集》之后。一种即为河北大学图书馆藏本，题识中郑氏落款凡五见，分别是叔问（两见）、老芝、鹤道人、鹤。此本非郑文焯手迹，而是一个过录本，文字近万言之多。底本为郑刊《清真集》，封面题："括庵读本"，内有"括庵"印章，知过录者为括庵。根据卷上首页括庵两则批注："四印斋影刻明钞元巾箱本《清真集》二卷《外词》一卷，大鹤山人校勘圈点，硃墨灿然，又《石芝西堪校订清真词》稿本一卷，王半塘、朱古微加识眉端，并藏吴兴刘氏嘉业堂。借录一过，汰其重复，竭三日之力毕之。注原次于调名之上，录王跋于毛跋之后，分卷分类，概加标识，以存王刻真相。壬申十月十五日录讫记。"又云："冯梦华《六十一家词选》卷四《片玉词》若干阕，加圈眉端为识，大鹤山人批校为此本所无，复照录之。后二十日再记。括庵。"知其过录时间在壬申十月至十一月，即1932年秋。括庵过录的郑批来源于三种不同的底本，都是刘承幹嘉业堂藏书。需要注意的是，括庵读本上的郑批，部分原来即为批注，如郑批四印斋影刻元巾箱本《清真集》和冯梦华《宋六十一家词选》，部分本非批注，而是校记，如所录《石芝西堪校订清真词》稿本中的内容，仅朱祖谋和王鹏运的眉批在原书确为批注。前两种郑批最多，原本今已不知去向，仅靠此本得存。

《石芝西堪校订清真词》稿本今藏国家图书馆。括庵不但过录郑批，还把郑批的底本四印斋本《清真集》的分卷、排序、序跋也抄了过来。可以说，这个过录本集合了两种郑批、一种郑稿，外加王鹏运、朱祖谋的眉批，底本为郑校《清真集》，又存有四印斋本的面貌，对于词学研究特别是郑文焯研究和《清真集》研究，其价值之高，不言而喻。

郑文焯的批校时间，由落款可以推知。是书落款时间凡七见，分别是："光绪阏逢之岁大梁月""光绪戊戌之年十月朔日""丙辰冬中记于沪上""光绪甲辰冬中在沪上记之""戊戌岁八月既望沽上记""宣统辛亥四月重校定""时光绪癸卯四月旅沪"。戊戌为1898年，癸卯为1903年，甲辰和阏逢大梁月为1904年，辛亥为1911年，丙辰为1916年，前后多历年所，如批语中所说："余初得榆园翁刻本，校正讹舛，几无一阕不加墨。旋读是刻，又随笔补勘……"又云："余校美成词凡卅余过，正其讹敚所得实多。"又云："清真词校凡十数过，《西泠》丁刻本载之殆遍。"其勤勉如此。

二

这个郑批本和杨寿枏过录本、刘崇德教授藏本，有少量内容互见，文字略有异同，郑批《清真集》达数十次，有重复增益，固在情理之中。互见之处，略举数例如下。《瑞龙吟》（章台路）一首，此本批："诸调名下记音谱，义例最古，是宋椠旧格，可贵。诸本并以《瑞龙吟》弁首，此殆犹是旧格之遗。"杨本："元巾箱本方千里、杨泽民和词,并以此阕弁首,盖犹是宋椠旧格,此微妙处,因特著之。"刘本:"元巾箱本及方千里、杨泽民和词并以此曲弁首,盖犹是宋椠木旧格,存其仿佛而已。"《忆旧游》(记愁横浅黛)一首,此本眉批:"末句第四字宜入声律。"杨本:"此调煞句第四字宋词并用入声,戈氏未曾细勘,近世不复识矣。"《倒犯》(霁景对)一首,此本眉批:"疑'吉了'为倒字切音。"刘本:"片玉作《花犯》,'吉了'盖倒之切音。"《兰陵王》(柳)一首,此本眉批:"《隋唐佳话》谓是调始于北齐,高长恭与周师战于金墉,曾着假面对敌,武士共歌谣之,曰《兰陵王入阵曲》。今越调,凡三段,二十四拍,或曰遗声也。此解入作平字律凡五,后之作者率多放失不足征也。"刘本:"是调始于北齐高长恭与周师战,尝著假面对敌,击周师金墉城下。武士共歌之,曰《兰陵王破阵曲》。今越调,凡三段,二十四拍。或曰遗声也。"此本又批:"'望人在天北'句上一下四,煞句六仄声字,作上去上去入,极有分别,自来和者,不免失律,千里、允平结句并作'夜雨滴',盖亦不谋而合。但《日湖渔唱》清真,于音谱微妙少研究耳。"刘本此处批语甚多,其中一节与此略同:"又'望人在天北',上一下四,和者多误用。惟千里和调按谱填词,无少乖离。惟煞句与允平并作'夜雨滴',盖亦不谋而合。惜'夜雨'作去、上声,稍稍失律耳。清真词于煞句最精细,此云'似梦里,泪暗滴',作上去上去去入,六仄声,极有分别也。"

有趣的是,括庵过录本中的一则批语道出了刘藏本的存在,《双头莲》(一抹残霞)一首中眉批:"余以意为之,音调少得清致,半塘以为神助,终嫌无佳证,不若《荔枝香近》校订之无疑义,已录别本。"恰好刘藏本中郑文焯对《双头莲》的校订最为详尽,当是郑文焯所说的"别本",批语如下:"红友云前段多不叶韵,未审讹否?惜方千里及陈、杨俱无和词,莫可订正。按词谱从无起三四句不叶韵之例。此调惟放翁有作,与清真体不同。首云'华鬓星星,惊壮志成虚,此身如寄',第三字'寄'字已和韵。美成此词下于第六句始见'碧'字韵,其为传钞讹舛无疑。据词中'断红'是切残霞,'阵影'切雁,词例义有起承。疑此词本作'一抹残霞,几行新雁,点破晚空澄碧。天染断红,云迷阵影,隐约望中助秋色。桥横斜照,门掩西风,凤帏咫尺,青翼未来,浓尘自起。合有人相识',如此粗成格调。然无善本校定,足未为据也。闻疑载疑,志之以俟闳达。又按此解前分两排字句平侧无少异。或以为双曳头,与曲名亦合,宜以'助秋色'属上第二段,以'叹乖隔'句属上,只'识'字韵少一字,或有脱误耶!"整体来看,括庵过录本上绝大多数郑批未见他本,是研究词学的重要资料。

三

《石芝西堪校订清真词》既为郑刊《清真集》的稿本,括庵亦过录此本文字,故探讨此稿本与刊本之关系,就十分必要。此稿为郑文焯手迹,一册,方格稿纸,原题"《清真集》详校",后划去,改题"石芝西堪校订清真词",署名"北海高密郑文焯"。有郑文焯、王鹏运和朱祖谋的眉批,由书法判断,王、朱眉批皆为二人手迹，括庵过录本据书迹添加"鹜翁""彊村"等字，以与郑批相别，非稿本原有。该本正文不分卷，不录周词原文，仅载调名，调名后即校记。将此本与大鹤山人刊本《清真集》对比，知此本为刊本《清真集》稿本，不过，这个稿本并非定本，涂乙圈抹甚多，内容甚少，文字亦较粗略，知为郑氏校勘周词中某一阶段的手稿。以调计，刊本卷上66调、卷下49调、补遗9调，共计124调。此稿调名排序与刊本同，按次序先后计有《瑞龙吟》《风流子》《华胥引》《意难忘》《宴清都》《兰陵王》《锁窗寒》《隔浦莲近拍》《早梅芳近》《四园竹》《蓦山溪》《侧犯》《荔枝香近》《水龙吟》《六丑》《塞垣春》《扫花游》《夜飞鹊》《满庭芳》《花犯》《大酺》《霜叶飞》《法曲献仙音》《渡江云》《玉楼春》《伤情怨》《品令》《木兰花令》《秋蕊香》《菩萨蛮》《感皇恩》《如梦令》《月中行》《渔家傲》《蝶恋花》《少年游》《还京乐》《解连环》《绮寮怨》《玲珑四犯》《丹凤吟》《忆旧游》《拜星月慢》《倒犯》《一剪梅》《水调歌头》《南柯子》《关河令》《花心动》《双头莲》《长相思》《鹤冲天》《解语花》《过秦楼》《解蹀躞》《六么令》《满路花》《氐州第一》《塞翁吟》《绕佛阁》《庆春宫》《满江红》《丁香结》《三部乐》《西河》《一寸金》《瑞鹤仙》《浪淘沙慢》《西平乐》《望江南》《浣溪纱》《浣溪纱慢》《点绛唇》《诉衷情》共74调，其中《如梦令》一调为刊本所无，此稿无补遗，卷下缺调尤多。

稿本虽非誊清定稿，但与刊本对比，可以考见郑文焯修改成书的过程，知其治学方法，其中记载王鹏运和朱祖谋的眉批，亦可见三人之交情与词学之探讨，并知刊本中部分郑校乃吸收王、朱二人意见而来，试举数例证之：《瑞龙吟》一首稿本校记："宋本旧注云'此谓之双拽头，属正平调。自"前度刘郎"以下即犯大石调，系第三段，至"归骑晚"以下四句，再归正平调。坊刻皆于"声价如故"句分段者非。'按此明言分三段者为双拽头，当是词家相承之体例。若上下阕，则仅谓之过片。近今戡谙词例，妄议破析，强作解人，疏谬已甚。"刊本作："汲古本引《花庵词选》旧注：'此谓之双拽头，属正平调。自"前度刘郎"以下即犯大石调，系第三段，至"归骑晚"以下四句，再归正平调。坊刻皆于"声价如故"句分段者非。'按此明言分三段者为双拽头，今人每于三段则名之为三拽头，失之疏已。"按稿本"强作解人"前原有"如戈顺卿以知律自命"云云，此"强作解人"，原是批评戈载，后删去，至成稿刊行，又将"近今戡谙词例，妄议破析，强作解人"删去，"疏谬已甚"易为"失之疏已"，将针对戈载的具体批评改为"今人"，并一再删除过激之论，仅留事实之辨析。稿本该词校记仅此一条，刊本则尚有坊陌、因记、侵晨、前度四条，共五条。

又如《风流子》共两首，稿本校记每首各一条，共两条。刊本第一首四条，第二首八条，多达十二条。《意难忘》词稿本校记仅"檐露滴，丁刻'檐'作'莲'，误。按元巾箱、草堂、汲古诸本并不作'莲'，明孟津王无忞录此词亦作'檐'可证"一条，刊本则有九条之多。相应稿本校记，刊本作："莲露滴：汲古本'莲'作'檐'。《雅词》作'莲露冷'。《词萃》亦作'莲'。"结论与稿本相反，按王氏稿本眉批有三条，其中两条针对"檐""莲"的校勘，王鹏运说"从《雅词》作'莲'，是"，郑刊本即改从王氏意见作"莲"。又云："王写可不引"，郑氏刊本中即删去稿本引述王无兢之语。知郑氏定稿，充分吸收了王鹏运和朱祖谋的意见。

四

郑批以校勘为主，又有数则题识，多载大鹤之行踪与交游，文字优美，情透笔间，足见大鹤之性情，加上前述落款中之时间地点，均可补戴正诚《郑叔问先生年谱》之缺略。今录数则示例如下：

犹忆出京时鹜翁斤斤属录校本，将别为校勘记附刊卷末，至以余改定《双头莲》一曲上阕字句谓有神助，虽使美成复生，必无异词，是亦好之者不觉其誉之过也。余旅沽上三月，中更丧乱，卒卒未有以报鹜翁。今复旋吴阊，人事丛蕞，问事旧业，每一展诵是编，辄惧为冥冥之身，行将入浙，或于湖山胜处少得清致，重为校定，与许榆园商榷付锲，亦足为片玉荡涤纤瑕，且有以副良友䛫诿，庶几幸甚。叔问记，光绪戊戌之年十月朔日。

幼遐王给事以庚子之变而去官，研生胡观察以太原之幸而得官，二子皆吾词友之深契，甲辰夏末既悲幼遐，秋末复悼研生，俱往之伤，风流顿绝，且皆殂于吴中，岂造物以此山水清虚之境，将以栖吟魄，为词人息壤邪？何夺之遽也，悲夫！九日记。

昔与藻州张子市词兄研究是集,和韵殆遍。甲午秋末,邗上同舟,弥极唱酬之乐,匆匆十年,酒炉虽在,眇若山河。昨得陈伯弢书,知子市已于三月九日没于大荔县斋。辍弦之悲,使我心痗,欲以词哭之,凄唉不能成声。曷以告哀?此恨终古。鹤记,时光绪癸卯四月旅沪。

郑批中又有不少词论,未见他处记载,唐圭璋《词话丛编》所收《大鹤山人词话》亦未见录,今摘录数则如下:

《瑞龙吟》眉批:"按宋本《乐章集》、嘉泰本《白石道人歌曲》并于曲下注明宫调,此原于唐宋俗谱名色,即雅乐中律吕所运五音二变之声谱演为八十四调也。"

《意难忘》眉批:"此类令曲惟柳三变具有其体,真北宋遗音也。"

《宴清都》眉批:"清真词一片神行,运以高健之笔,故举典不嫌复滞。否则如此解连用庾信、江淹、文园,鲜不杂乱。盖以清空之气行之,只是文之疏处耳。"

《兰陵王》眉批:"毛开《樵笔谈》载,美成此曲,都人盛传,西楼南瓦,无不歌之,谓之《渭城三叠》,以周词凡三换头,是可知词之换头,以片段言之也。"

《侧犯》眉批:"有妄谓此阕为三曳头者,不值一笑。凡论词,当取两宋名家合观详审,然后发言。"又批:"红友尝拟此调,'寂寞刘郎'句'寞'字为上声叶,此犹沾沾曲韵,非所以论词也。试以清真此调诤之,更恍然前失已。"

《满庭芳》眉批:"美成以元祐癸酉春中为溧水邑宰,此'无想山'盖亦其遗政,所谓以神仙中事名之者。强叙但记'姑射''箫闲'二迹,此'无想山'又一胜地,词中以香山谪江州自喻,或其迁外后不得志之作欤?"

《霜叶飞》眉批:"昔与蒋次湘在藩使署西楼和此曲,始叹清真词意高古,非白石、梦窗所能到,盖骨气奇特,得天独厚欤!"

《少年游》眉批:"《浩然斋雅谈》以为,此词在李师师家所作,道君见之,押出国门,此亦当时讹传,余有辨证一则甚确,《苕溪渔隐》谓词人故事,往往附会失实,皆小说家故态,不足据也。"

《玲珑四犯》眉批:"长吉诗:'吴霜点归鬓'。美成词习用其隽句。"又批:"此词'见'字、'换'字二韵有哀时感遇之致,读之肠一日而九回。"

《丹凤吟》眉批:"'生憎'与结句'生怕'复,此小失检点处。"

《西河》眉批:"《建康志》所云'赏心亭',乃丁晋公以储御赐古画者,南宋词人有咏之者(稼轩词有之)。'水'字韵二语,明是用唐人'淮水东边旧时月,夜深还过女墙来'诗句,何用附会?"

《望江南》"浅淡梳妆"句眉批:"二句情妙,恰是吴姬出色当行。好句不厌百回读也。"

《浣溪纱慢》眉批:"触景生情,直写胸臆,北宋风格,惟柳三变有此白描手段。"

《长相思慢》眉批:"'惊'字韵六字,可云'字外出力中藏棱',有一波三折之妙,切情处用如许魄力,字字精采,却写得天然神妙,但无上句,亦不能恰到好处。"

《看花迴》眉批:"此词似专咏'美目盼兮',故先点出明眸,直到收句,仍属一意流转,与龙洲咏眼有别。"

《清真词校后录要》批:"美成词取材于长吉诗中字句最多,如'身与蒲塘晚''病背伤幽素'之类,则不假裁制,而自成馨逸者已。"

以上仅就括庵过录郑批本浅述所见,权当抛砖,其文献、文学、文化之研究,词学之探讨,则有待读者诸君。

李俊勇

2020 年 5 月 1 日

凡 例

1.括庵过录郑文焯批校本《清真集》，底本为郑文焯校刊本《清真集》。刊本中原有的郑校，用"■校"表示。郑校原无序号，今按序排列，以序号〔一〕〔二〕〔三〕标识。刊本中括庵过录的批校文字，用"■批"表示，原批或眉批或夹批，位置各异，今俱移置"■批"中，以序号[1][2][3]标识。整理者的校注则用脚注表示。鉴于周邦彦词集的校注本已有多种，关于典故、人名、词义的注解，读者自可参考。为免重复，本书校注仅限于对异文的校理辨析。

2.刊本中郑校，常有一条校记包含多个异文者，为明晰起见，今按异文相应拆分。如《意难忘》："换羽 长颦 恼人肠：《雅词》'羽'作'徵'、'长颦'作'颦眉'、'人'作'心'"，改为："〔一〕换羽：《雅词》'羽'作'徵'。〔二〕长颦：《雅词》'长颦'作'颦眉'。〔三〕恼人肠：《雅词》'人'作'心'。"

3.括庵过录批校，凡针对具体词作者，俱录入相应词作之后。另有封背、扉页、底页及部分夹批，总论清真词或其他内容者，统一移置书后作为附录。封背有集评一页，辑录历代评论，无落款，未知是括庵辑评，亦或括庵过录郑氏辑评，兹于附录中单列。

4.过录批校来源不同，以郑批四印斋本《清真集》最多，括庵在过录郑批的同时，将四印斋本的分卷分类、宫调、词题、题跋也相应过录。因《四印斋所刻词》为常见之书，此次整理，括庵过录的四印斋本文字不再收入，仅酌录数则，以便与郑批合观。

5. 《石芝西堪校订清真词》稿本为括庵过录批校来源之一，该书为郑文焯校刊本《清真集》的早期稿本，内容粗略，与刊本区别较大，本书前言中已论之，不再取校。但括庵过录自该书的内容，则予以核校，文中按括庵过录惯例，省称"稿本"。

6. 词作标点，遵唐圭璋《全宋词》之例，叶韵处用句号，句用逗号，读用顿号，标点亦适当参考《全宋词》。全书简体横排，部分文字涉及校勘，有形近而讹者，则适当保留少量繁体字。至于原校记和批语中部分书名详略不一，如"汲古阁本""汲古""汲古本"等，为保存原貌，不作统一处理。

题周美成词

文章政事，初非两途，学之优者，发而为政，必有可观。政有其暇，则游艺于咏歌者，必其才有余辨者也。溧水为负山之邑，官赋浩穰，民讼纷沓，似不可以弦歌为政。而待制周公，元祐癸酉春中为邑长于斯，其政敬简，民到于今称之者，固有余爱。而其尤可称者，于拨烦治剧之中，不妨舒啸。一觞一咏，句中有眼，脍炙人口者又有余声，声洋洋乎在耳侧，其政有不亡者存。余慕周公之才名有年，于兹不谓于八十余载之后，踵公旧踪，既喜而且愧。故自到任以来，访其政事于所治后圃，得其遗政，有亭曰"姑射"，有堂曰"萧闲"，皆取神仙中事，揭而名之，可以想象其襟抱之不凡。而又睹"新绿"之地、"隔浦"之莲，依然在目，抑又思公之词，其模写物态，曲尽其妙，方思有以发扬其声之不可忘者，而未能及乎！暇日从容式燕嘉宾，歌者在上，果以公之词为首唱，夫然后知邑人爱其词，乃所以不忘其政也。余欲广邑人爱之意，故哀公之词，旁搜远绍，仅得百八十有二章，厘为上下卷，乃辍俸余，鸠工锓木，以寿其传。非惟慰邑人之思，亦蕲传之有所托，俾人声其歌者，足以知其才之优于为邑如此。故冠之以序，而述其意云。公讳邦彦，字美成，钱塘人也。淳熙岁在上章困敦孟陬月圉赤奋若，晋阳强焕序。

■ 批

[1] 调下各题有因分类出于后人依附命之者，未足征信也。集中可考见美成生平岁月事迹者，唯《西平乐》一解及官溧水时诸作已耳。

[2] 美成本传云：元丰初献①《汴都赋》，神宗异之，召赴政事堂，自太学生一命为正，五年不迁，益肆力于词章。出教授庐州，知溧水县。哲宗即位，复召使诵前赋，遂由秘书省历郎曹晋少卿为议礼局检讨，以直龙图阁知河中府。是知美成在神哲两朝并以文章知遇，涖居清要。其令溧水时，当在神庙末年，此叙述其元祐癸酉八年为邑长，或视事在哲宗初，盖其令溧水，久于其任，故遗爱孔长。《直斋书录》载《清真杂著》三卷，皆好事者取其在邑所作文记诗歌并刻之，是又在强刻词集之外，故云邑有词集，必先杂著而墨版者也。

辞不轻措，辞之工也。阅辞必详其所措，工于阅者也。措之非轻而阅之非详，工于阅而不工于措，胥失矣，亦奚胥望焉。是知雌霓之诵，方脱诸口而见谓知音。白题八滑之事既陈，而当世之疑已释。楛矢萍实，苟非推其所从，则是物也，弃物耳，谁欤能知？触物而不明其原，睹事而莫征所自，与冥行何别？故曰无张华之博，则孰知五色之珍。乏雷焕之识，则孰辨冲斗之灵。况措辞之工，岂不有待于阅者之笺释耶！周美成以旁搜远绍之才，寄情长短句，缜密典丽，流风可仰。其征辞引类，推古夸今，或

---

① 献，底本无，当补。

借字用意，言言皆有来历，真足冠冕词林。欢筵歌席，率知崇爱，知其故实者，几何人斯？殆犹属目于雾中花、云中月，维意其美，而皎然识其所以美则未也。漳江陈少章，家世以学问文章为庐陵望族，涵泳经籍之暇，阅其辞，病旧注[1]之简略，遂详而疏之。俾歌之者究其事、达其意，则美成之美益彰。犹获昆山之片珍，琢其质而彰其文，岂不快夫人之心目也。因命之曰《片玉集》[2]云。庐陵刘肃必钦序。[3]

■ 批

[1] 此所谓"旧注"或即《直斋书录》所载曾杓注本亦未可知。

[2] 此名"片玉"之始，宋人说部所见，无一称片玉者，戈选至谓为强焕所搜集最富，辄以"片玉"为宋人所命名，盖未见此本，故讹谬相沿，失之专辄耳。

[3] 前见《元史·列传》四十七。

目录

卷 上

- 3　瑞龙吟　一调
- 4　风流子　二调
- 6　华胥引　一调
- 7　意难忘　一调
- 8　宴清都　一调
- 9　兰陵王　一调
- 11　锁窗寒　一调
- 12　隔浦莲近拍　一调
- 13　苏幕遮　一调
- 13　早梅芳近　二调
- 14　四园竹　一调
- 15　蓦山溪　一调
- 16　侧犯　一调
- 17　齐天乐　一调
- 18　荔枝香近　二调

21	水龙吟 一调		41	宴桃源 二调
22	六丑 一调		42	月中行 一调
24	塞垣春 一调		43	渔家傲 二调
24	扫花游 一调		45	定风波 一调
25	夜飞鹊 一调		45	蝶恋花 十调
26	满庭芳 一调		51	红罗袄 一调
27	花犯 一调		52	少年游 四调
28	大酺 一调		55	还京乐 一调
29	霜叶飞 一调		56	解连环 一调
30	法曲献仙音 一调		57	绮寮怨 一调
31	渡江云 一调		58	玲珑四犯 一调
32	应天长 一调		59	丹凤吟 一调
33	玉楼春 五调		60	忆旧游 一调
36	伤情怨 一调		61	拜星月慢 一调
36	品令 一调		62	倒犯 一调
37	木兰花令 一调		63	减字木兰花 一调
37	秋蕊香 一调		63	木兰花令 一调
38	菩萨蛮 一调		63	蓦山溪 二调
39	玉团儿 一调		64	青玉案 一调
39	丑奴儿 三调		65	一剪梅 一调
40	感皇恩 二调		65	水调歌头 一调

66	南柯子 三调	83	满路花 二调
68	关河令 一调	84	氐州第一 一调
68	鹊桥仙令 一调	85	尉迟杯 一调
69	花心动 一调	86	塞翁吟 一调
70	双头莲 一调	87	绕佛阁 一调
71	长相思 四调	87	庆春宫 一调
72	大有 一调	89	满江红 一调
73	万里春 一调	89	丁香结 一调
73	鹤冲天 二调	90	三部乐 一调
		91	西河 二调
		93	一寸金 一调
		94	瑞鹤仙 二调
		96	浪淘沙慢 二调

卷　下

		97	西平乐 一调
77	解语花 一调	99	玉烛新 一调
77	锁阳台 三调	100	南乡子 五调
79	过秦楼 一调	102	望江南 二调
80	解蹀躞 一调	104	浣溪纱 十调
81	蕙兰芳引 一调	108	浣溪纱慢 一调
81	六幺令 一调	109	点绛唇 四调
82	红林檎近 二调	111	夜游宫 三调

113	诉衷情 三调		
114	一落索 二调		**清真词补遗**
115	迎春乐 三调		
116	虞美人 六调	135	十六字令 一调
119	醉桃源 二调	135	浣溪纱 二调
120	凤来朝 一调	136	忆秦娥 一调
121	垂丝钓 一调	137	柳梢青 一调
122	粉蝶儿慢 二调	137	南乡子 一调
122	红窗迥 一调	138	苏幕遮 一调
123	念奴娇 一调	138	昼锦堂 一调
124	黄鹂绕碧树 一调	139	齐天乐 一调
124	鬓云松令 一调	140	女冠子 一调
125	芳草渡 一调		
125	归去难 一调	141	毛晋汲古阁本《片玉词》跋
126	燕归梁 一调		
126	南浦 一调	142	王鹏运《四印斋所刻词》本《清真集》跋
127	醉落魄 一调		
128	留客住 一调		
129	长相思慢 一调	144	清真词校后录要
130	看花回 二调	153	附录
132	月下笛 一调		

卷　上

瑞龙吟〔一〕[1]

　　章台路。还见褪粉梅梢,试华桃树。愔愔坊陌〔二〕人家,定巢燕子,归来旧处。　　黯凝伫。因记〔三〕个人痴小,乍窥门户。侵晨〔四〕浅约宫黄,障风映袖,盈盈笑语。　　前度〔五〕刘郎重到,访邻寻里,同时歌舞。唯有旧家秋娘,声价如故。吟笺赋笔,犹记燕台句。知谁伴、名园露饮,东城闲步。事与孤鸿去。探春尽是,伤离意绪。官柳低金缕。归骑晚、纤纤池塘飞雨。断肠院落,一帘风絮。

■ 校

〔一〕汲古本引《花庵词选》旧注:"此谓之双拽头,属正平调。自'前度刘郎'以下即犯大石调①,系第三段,至'归骑晚'以下四句,再归正平调②。坊刻皆于'声价如故'句分段者非。"按此明言分三段者为双拽头,今人每于三段则名之为三拽头,失之疏已。

〔二〕坊陌:杨升庵云:"俗改'曲'为'陌'。"按唐人《北里志》有"每论三曲中事",盖即平康里旧所聚处也,当时长安

---

① ② 汲古阁刻本无"调"字。

诸倡家谓之"曲",其选入教坊者,居处则曰"坊",故云"坊曲人家",非泛言之也。本集《拜星月慢》云:"小曲幽坊月转(暗)",可证"坊曲"为美成习用。

〔三〕因记:元巾箱本、陈刻《草堂诗余》并作"因念"。

〔四〕侵晨:《乐府雅词》作"清晨"。

〔五〕前度:"度"字疑是短拍,而方千里、杨泽民、陈允平皆未和,即吴梦窗词亦不叶,或未精审耶。按此调前拽头作三字句,固有韵,其声例可类推而知之。

■ 批

[1]诸调名下记音谱,义例最古,是宋椠旧格,可贵。

诸本并以《瑞龙吟》弁首,此殆犹是旧格之遗。

按宋本《乐章集》、嘉泰本《白石道人歌曲》并于曲下注明宫调,此原为唐宋俗谱名色,即雅乐中律吕所运五音二变之声谱演为八十四调也。

风流子

枫林凋晚叶,关河迥,楚客惨将归。望一川暝霭,雁声哀怨,半规凉月,人影参差。酒醒后,泪花销凤蜡,风幕卷金泥。砧杵韵高,唤回残梦,绮罗香减,牵起余悲。　　亭皋分襟地〔一〕,难堪处〔二〕、偏是掩面牵衣。何况怨怀〔三〕长结，重见无期。想寄恨书中，银钩空满，断肠声里，玉箸还垂。多少暗愁〔四〕密意，唯有天知。

■ 校

〔一〕分襟地："襟"，《雅词》作"袂"。

〔二〕难堪处："堪"，元本作"拚"。

〔三〕怨怀：毛刻《草堂诗余》作"愁怀"。

〔四〕暗愁："暗"，《雅词》作"旧"。

又

新绿小池塘。风帘动、碎影舞斜阳。羡金屋去来，旧时巢燕，土花缭绕，前度莓墙。绣阁里〔一〕、凤帏深几许，听得理丝簧。欲说又休，虑乖芳信，未歌先噎，愁转清商〔二〕。　遥知〔三〕新妆了，开朱户，应自〔四〕待月西厢。最苦〔五〕梦魂，今宵不到伊行。问甚时却与〔六〕，佳音密耗，寄将秦镜〔七〕，偷换韩香。天便教人，霎时厮见〔八〕何妨。

■ 校

〔一〕绣阁里：《草堂》本及《花庵》并脱"里"字。

〔二〕愁转清商：元本、《草堂》本、《花庵》并作"愁近清觞"。

〔三〕遥知：《雅词》"遥知"作"暗想"。

〔四〕应自：《雅词》"自"作"是"。

〔五〕最苦：《雅词》"最苦"作"苦恨"。

〔六〕却与：元本作"说与"。

〔七〕寄将秦镜：《雅词》"寄将秦镜"作"暗将潘鬓"。

〔八〕厮见：《雅词》"厮"作"相"。

华胥引

川原澄映，烟月冥濛，去舟如叶〔一〕。岸足沙平，蒲根水冷留雁唼。别有孤角吟秋，对晓风鸣轧。红日三竿，醉头扶起还怯。

离思相萦，渐看看、鬓丝堪镊。舞衫歌扇，何人轻怜细阅。点检从前恩爱，叵凤笺〔二〕盈箧。愁剪灯花，夜来和泪双叠。

■ 校

〔一〕如叶[1]："如"，汲古作"似"，从元本。陈刻《草堂》作"一"。按"一"字亦以入作平，作"似"，非。

〔二〕凤笺[2]：戈载选本谓"凤笺"上脱"有"字。丁刻《西泠词萃》作"但"字，并未注所据。按此与上阕"对晓风鸣轧"句调同，方千里、陈允平和作箧韵，并作五字，是诸刻有脱无疑。

■ 批

[1] 当从"如"或"一"字。鹜翁

[2] 从《词萃》作"但"不当,仍毛脱。鹜翁

意难忘

衣染莺黄。爱停歌驻拍〔一〕,劝酒持觞。低鬟蝉影动,私语口脂香。莲露滴〔二〕,竹风凉〔三〕。拚剧饮淋浪。夜渐深,笼灯就月,子细端相〔四〕。 知音见说无双。解移宫换羽〔五〕,未怕周郎。长颦〔六〕知有恨,贪要不成妆。些个事,恼人肠〔七〕。试说与何妨。又恐伊、寻消问息〔八〕,瘦减〔九〕容光。[1]

■ 校

〔一〕驻拍:《雅词》作"驻客"。

〔二〕莲露滴[2]:汲古本"莲"作"檐"。《雅词》作"莲露冷"。《词萃》亦作"莲"。

〔三〕竹风凉:《草堂》本并作"竹松"。①

---

① 按郑校,凡有两种及以上参校本异文相同时,用"并"字,如《夜飞鹊》郑校:"良夜:元本、陈刻《草堂》并作'凉夜'"。但亦有少量郑校,参校本只一种,如本条只用《草堂》本,亦用"并"字,似无必要。疑郑校底稿原有参校本多种,付刻时又作校改,删除数种,保留一种,"并"字漏删;或郑校中多用"并"字,形成思维习惯,偶尔误用。总之,参校本只一种,亦用"并"字者,原刊本如此,本书保留原貌,不作改动。

〔四〕"夜渐深"三句：《雅词》作"漏渐深，移灯背壁，细与端相"。

〔五〕换羽：《雅词》"羽"作"徵"。

〔六〕长颦：《雅词》"长颦"作"颦眉"。

〔七〕恼人肠：《雅词》"人"作"心"。

〔八〕问息[3]："问"，汲古本作"听"。元本、《草堂》本并同。

〔九〕瘦减："减"，汲古本作"损"。元本、《草堂》本并同。

■ 批

[1] 此类令曲惟柳三变具有其体，真北宋遗音也。

[2] 从《雅词》作"莲"，是。鹜翁①

[3] "问息"，从元本。鹜翁

宴清都

地僻无钟鼓。残灯灭，夜长人倦难度。寒吹断梗，风翻暗雪，洒窗填户。宾鸿漫说传书，算过尽、千俦万侣。始信得、庾信愁多，江淹恨极须赋。　　凄凉病损文园，徽弦乍拂，音韵先苦。淮山〔一〕夜月，金城暮草，梦魂飞去。秋霜半入清镜，叹带眼、都移旧处。更久长、不见文君，归时认否。[1]

---

① 稿本作："从《雅词》作'莲'，是。王写可不引。"

■ 校

〔一〕淮山：《草堂》本并误作"淮水"。

■ 批

[1] 清真词一片神行，运以高健之笔，故举典不嫌复滞。否则如此解连用庾信、江淹、文园，鲜不杂乱。盖以清空之气行之，只是文之疏处耳。《词选》

兰陵王[1]　柳

柳阴直。烟里〔一〕丝丝弄碧。隋堤上、曾见几番，拂水飘绵送行色。登临望故国。谁识。京华倦客。长亭路，年去岁来，应折〔二〕柔条过千尺。　闲寻旧踪迹。又酒趁哀弦，灯照离席。梨花榆火催寒食。愁一箭风快，半篙波暖，回头迢递便数驿。望人在天北[2]。　凄恻。恨堆积。渐别浦萦回，津堠岑寂。斜阳冉冉春无极。念月榭携手，露桥闻笛。沉思〔三〕前事，似梦里〔四〕，泪暗滴[3]。

■ 校

〔一〕烟里：汲古本作"烟缕"。从元本。

〔二〕应折："应"，《雅词》作"攀"。

〔三〕沉思:"沉",《雅词》作"追"。

〔四〕似梦里:汲古本"梦"下衍"魂"字。从元本。

■ 批

[1] 毛开《樵笔谈》①载,美成此曲,都人盛传,西楼南瓦,无不歌之,谓之《渭城三叠》,以周词凡三换头,是可知词之换头,以片段言之也。

《隋唐佳话》谓是调始于北齐,高长恭与周师战于金墉,曾着假面对敌,武士共歌谣之,曰《兰陵王入阵曲》。今越调,凡三段,二十四拍,或曰遗声也。此解入作平字律凡五,后之作者率多放失不足征也。

[2] "望人在天北"句上一下四,煞句六仄声字,作上去上去上入,极有分别,自来和者,不免失律,千里、允平结句并作"夜雨滴",盖亦不谋而合。但《日湖渔唱》和清真,于音谱微妙少研究耳。稿本②

[3] 煞句"泪暗滴","暗"字去声,方、陈并作"夜雨滴",不合。彊村

---

① 书名误,应作《樵隐笔录》。
② "六",原作"亦",据稿本改;"上去上去上入",括庵于人字前漏抄一"上"字,据稿本补;"和清真",括庵漏抄"和"字,致文义难通,今据稿本补。

锁窗寒　寒食

暗柳啼鸦,单衣伫立,小帘朱户。桐花〔一〕半亩[1],静锁一庭愁雨。洒空阶、夜阑〔二〕未休,故人剪烛西窗语。似楚江暝宿,风灯零乱,少年羁旅。　　迟暮。嬉游处。正店舍无烟,禁城百五。旗亭唤酒,付与高阳俦侣。想东园、桃李自春〔三〕,小唇秀靥[2]今在否。到归时、定有残英,待客携尊俎。

■ 校

〔一〕桐花[3]:《阳春白雪》《草堂》并作"桐华"。陈刻注引《苕溪渔隐丛话》"井梧花落尽,一半在银床"之句。《词萃》又作"花阴",未详所据。按题作《寒食》,《月令》"三月,桐始华",且下句言雨,焉得有阴?其为"花"字无疑。当从《草堂》诸本订正。

〔二〕夜阑:《草堂》本并作"更阑"。

〔三〕自春:汲古本作"经春"。从元本。

■ 批

[1]"亩"字有疑为夹协者,缪甚。

[2]"靥"字与上阕"语"字韵"烛"字,并宜用入声方叶律。

[3]花不得言亩,当从"桐阴",不须博征典实。校订稿本鹜翁批眉

隔浦莲近拍　中山县圃姑射亭避暑作[1]

　　新篁摇动翠葆。曲径通深窈。夏果收新脆,金丸落、惊飞鸟。浓霭迷岸草。蛙声闹。骤雨⁽一⁾鸣池沼。　水亭小⁽二⁾。浮萍破处,檐花帘影⁽三⁾颠倒。纶巾羽扇,困卧⁽四⁾北窗清晓。屏里吴山梦自到。惊觉。依前身在江表。

■ 校

〔一〕骤雨:"骤",《雅词》作"暴"。

〔二〕水亭小:汲古本此句属上阕,毛刻《草堂》《花庵》并同。今从元本。按方千里和词及《苕溪渔隐》所载,此句并属下过片可证。

〔三〕檐花帘影[2]:汲古本作"帘花檐影",《花庵》《雅词》并同。按《苕溪渔隐丛话》所引固作"檐花帘影",谓其用少陵诗意,汲古注亦云,今从之。

〔四〕困卧:陈刻《草堂》作"醉临","临"以形讹。毛本《草堂》作"醉卧"。

■ 批

　　[1] 强焕叙云访其政事于所治后圃,有亭曰"姑射",皆取神仙中事揭而名之,则此词所称"中山县圃"即为溧水长时之作

可知。

[2]"檐花"是。此明是《笞溪》所改,不足据。鹜翁

苏幕遮

燎沉香,消溽暑。鸟雀呼晴,侵晓窥檐语。叶上初阳干宿雨、水面清圆,一一风荷举。　故乡遥,何日去。家住吴门,久作长安旅。五月渔郎相忆否。小楫轻舟,梦入芙蓉浦。

早梅芳近[1]

花竹深,房栊好。夜阒无人到。隔窗寒雨,向壁孤灯弄余照。泪多罗袖重,意密莺声小。正魂惊梦怯,门外已知晓。　去难留,话未了。早促登长道〔一〕。风披宿雾,露洗初阳射林表。乱愁迷远览,苦语萦怀抱。慢回头,更堪归路杳。

■ 校

〔一〕长道:毛刻《草堂》本作"途道"。

■ 批

[1] 此与柳集属正官调者字句有异。

又

缭墙深,丛竹绕。宴席临清沼。微呈〔一〕纤履,故隐烘帘自嬉笑。粉香妆晕薄,带紧腰围小。看鸿惊〔二〕凤翥,满座叹轻妙〔三〕。　酒醒时,会散了。回首城南道。河阴高转,露脚斜飞夜将晓。异乡淹岁月,醉眼迷登眺。路迢迢,恨满千里草。

■ 校

〔一〕微呈:《词萃》作"渐呈"。

〔二〕看鸿惊:《雅词》"看"作"叹"。

〔三〕叹轻妙:《雅词》"叹"作"看"。

四园竹〔一〕

浮云护月,未放满朱扉。鼠摇暗壁,萤度破窗,偷入书帏。

秋意浓，闲伫立、庭柯影里。好风襟袖先知[1]。　夜何其。江南路绕重山，心知漫与前期。奈向灯前堕泪，肠断萧娘，旧日书辞。犹在纸[2]。雁信绝，清宵梦又稀。

■ 校

〔一〕按此调"秋意浓"为句，方和云："银漏声，那更杂，疏疏雨里。"上阕"里"字与下阕"泪"[3]、"纸"二字俱为仄韵。千里并依其格。陈允平和作于"秋意浓"二句作上四下六，且不知"里"字为夹叶，可见古今审律之难。又元本调名下注"官本作《西园竹》"，所谓官本者，或即淳熙庚子强焕宰溧水时所刻，惜世无传本。今考县志，惟存强叙，盖轶久已。

■ 批

[1] 杜牧句"好风衿袖知"。
[2] "纸"字为夹协，犹《渡江云》下阕以侧叶平之例。
[3] 方千里未和"泪"字。①

蓦山溪[1]

湖平春水，藻荇〔一〕萦船尾。空翠扑衣襟〔二〕，拊轻桡、游鱼

---

① 稿本此条批语为彊村作。

惊避。晚来潮上，迤逦没沙痕，山四倚。云渐起。鸟度屏风里。

周郎逸兴，黄帽侵云水。落日媚沧洲，泛一棹、夷犹未已。玉箫金管，不共美人游，因个甚，烟雾底。偏爱莼羹美。

■ 校

〔一〕藻荇：元本"藻"作"菱"。

〔二〕扑衣襟：元本"扑"作"入"。

■ 批

[1]《乐府杂录》云，入声商，第二运大石调，商角同用①，属商，上声，此之谓大石角也。以余所著《词源斠律》②考之悉合。

侧犯 [1]

暮霞霁雨，小莲出水红妆靓。风定。看步袜江妃照明镜。飞萤度暗草，秉烛游花径。人静。携艳质、追凉就槐影。　金环皓腕，雪藕清泉莹。谁念省。满身香、犹是旧荀令。见说胡姬，酒垆寂静〔一〕。烟锁[2]漠漠，藻池苔井。

---

① 用，底本"角"，按《乐府杂录》作"用"，据改。

② 《词源斠律》为郑文焯著，此处漏抄一"律"字，当补。

■ 校

（一）寂静：元本、《草堂》本诸刻并同，惟《词萃》改作"深迥"，未详所据。盖以《西麓继周集》此句作"后堂深迥"，遂以意改之。按方和词亦作"迥"，或以"静"韵与上复故耳。宋人词上下阕例不忌复韵，如集中《花心动》两押"就"字，《西河》两押"水"字可证。

■ 批

[1] 有妄谓此阕为三曳头者，不值一笑。凡论词，当取两宋名家合观详审，然后发言。

[2] 红友尝拟此调，"寂寞刘郎"句"寞"字为上声叶，此犹沾沾曲韵，非所以论词也。试以清真此调诤之，更恍然前失已。

齐天乐[1]

绿芜凋尽台城路，殊乡又逢秋晚。暮雨生寒，鸣蛩劝织，深阁时闻裁剪。云窗静掩。叹重拂罗裀，顿疏花簟。尚有练囊（一），露萤清夜照书卷。　　荆江留滞最久，故人相望处，离思何限。渭水西风，长安乱叶，空忆诗情宛转。凭高眺远。正玉液（二）新篘，蟹螯初荐。醉倒山翁，但愁斜照敛。

■ 校

〔一〕練囊[2]:"練",汲古作"練",《草堂》本并同。今从《花庵》。按是句第三字无用仄之例,诸本作"練",皆以形近而讹。"練"训绤属,《集韵》音疏,徐铉诗"好风轻透白練衣"是也。

〔二〕玉液:"玉",《雅词》作"渌"。

■ 批

[1] 此曲宜用上声韵,其中联偶句第二句末字宜用入声,观《梦窗甲稿》所作五首,皆一例,此作亦然。可证词之入声前为律之细微者。又记

[2] 按此用晋车武子夏月以練囊盛萤照书故事。

荔枝香近[1]

照水残红零乱,风唤去。尽日恻恻轻寒,帘底吹香雾。黄昏客枕无憀,细响当窗雨。□看〔一〕两两相依燕新乳。　楼下水,渐渌遍、行舟浦。暮往朝来,心逐片帆轻举。何日迎门,小槛朱笼报鹦鹉。共剪西窗蜜炬〔二〕。

■ 校

〔一〕□看:汲古脱一字,方千里和作正作九字句可证。耆

卿、梦窗词并从同。万氏《词律》谓："清真是句所脱或系'闲'字、'愁'字之类。"戈选乃拟作"闲"，《词萃》因之，终以无据，宜从盖阙之例。

〔二〕"共剪"句：汲古作"如今谁念凄楚"，注云："《清真集》作'共剪西窗蜜炬'"。今从元本。按方、杨、陈三家和词皆押"炬"字，当从同。

■ 批

[1]《梦窗词》亦有是调两阕，字句正同，其发端平仄亦异。

又^{〔一〕[1]}

夜来寒侵酒席，露微泫。舄履初会□□，香泽方薰遍[2]，无端暗雨催人，但怪灯帘卷。回顾，始觉惊鸿去云远。　大都世间，最苦唯聚散。到得春残，看即是、开离宴。细思别后，柳眼花须更谁剪。此怀何处消遣。[3]

■ 校

〔一〕此词讹脱殊甚，方、杨、陈和作并沿其误，以为又一体，非也。按此调如耆卿、梦窗所作，三首并与清真前首相同，更无别体。即此首下阕字句亦无少异，则上阕之舛驳可知。盖宋本已然，或缘传抄之脱误，当时和之者未暇深考耳。今谛审其上阕，"舄履①初会"下原脱平声二字，"灯偏帘卷"，"偏"字殊不可解，盖本作"遍"字，当在"香泽方薰"下为韵，与前首"帘底吹香雾"五字句正同。上阕末句"去"字下诸本皆脱一字，惟元本有"云"字，亟据以补之，亦与前合，如是订正，前后一揆，声律厘然，庶今古词人可以瘳疑辨惑矣。

■ 批

[1] 与前无异，以余观于是词，惟三句脱二字而已，一移易问简而易晓。据上，脱两字当是平声。

[2] 杨泽民和此解，"远"字韵上一句正有"遍"字，可知清真原作固有"遍"字，而此本作"偏"，误移于灯下，盖显为舛乱无疑。因较杨词，得此一证，足与"云"字并称一字千金，较词之难如是。光绪甲辰冬中在沪上记之

[3] 此是与前无异，方千里、陈君衡和并沿讹误，可征采律之难。余于此凡三四校，始悟校刊传抄踳驳处相沿已久。考《词律》，此调惟耆卿、文英及美成三家足证，并与前两篇字字相同，诸本并疑次是又为一体，未加详考，不知方、陈和作未为据也。

红友疑千里不知"卷"字韵，而允平和之，此已见其无据。允平于上半阕收句径作四字，益缪。今谛审清真原唱，上半阕确有相沿之讹，下半阕绝无少异之体，得之巾箱本，有足坚吾信、释宿疑者，则于上阕收句视诸本多一"云"字，得之矣。按前一

---

① 原作"履舄"，据词作正文改。

首"闲看"一逗下作七字句，此首并同，据此一订前数句之舛敚，思过半已。按前篇首二句"去"字起调，此则"法"字入韵。第三句前作六字，此夺二平声字。四句五字有韵，此"熏"字下夺一韵。五句六字并同。六句五字又叶韵，此多一"偏"字，且不可解，盖本作"但怪灯帘卷"，"卷"亦韵，与前首用余，则字句悉合，间有平仄出入，固词之常格。今校定此阕，但取第六句之"偏"字以为"遍"之讹，当在第四句"熏"字下为韵。如是则向之所疑者，可得而涣然，且方、陈和词之缪纰相承，宋、元刊本之失其旧格，国初迄今之揣为异体，诸家校刊之莫衷一是，至此乃神解妙悟，毫无疑义已，岂非一称心易足之事哉！盖初误，钞胥杂连，遂成错简，继以方、陈和词之不思而作，乃致一误再误，终且不知为误。世士之以善校自命如戈氏顺卿者，亦不赞一辞，此余所为独得之奥。除第三句原敚二字，无可校补，此词居然完璧。于原作字句绝无向壁虚造之嫌。一语道破，神旨可达。昔人谓思误更足适，不其然欤！戊戌岁八月既望沽上记

水龙吟　梨花

素肌应怯余寒，艳阳占立[一]青芜地。樊川照日，灵关[二]遮路，残红敛避。传火楼台，妒花风雨，长门深闭。亚帘栊半湿，一枝在手，偏句引[三]、黄昏泪。　　别有风前月底。布繁英[四]、

满园歌吹。朱铅退尽,潘妃却酒,昭君乍起。雪浪翻空,粉裳缟夜,不成春意[五][1]。恨玉容不见,琼英慢好,与何人比。

■ 校

〔一〕占立:毛刻《草堂》"立"作"尽"。

〔二〕灵关:毛刻《草堂》"关"作"光"。

〔三〕句引:毛刻《草堂》"引"作"得"。

〔四〕繁英:"英",汲古作"阴"。从元本。

〔五〕春意:"意",《雅词》作"思"。

■ 批

[1] 按《绝妙好词》楼扶和此词,"意"字韵作"满衿离思",惟曾慥《乐府雅词》固作"思"字,则诸本作"意"之误可证。以楼为端平时人,曾选在绍兴丙寅,去清真不过二三十年,为可信也。

六丑[一] 蔷薇谢后作

正单衣试酒,恨客里[二]、光阴虚掷。愿春暂留,春归如过翼。一去无迹。为问花何在[三],夜来风雨,葬楚宫[四]倾国。钗钿堕处遗香泽。乱点桃蹊[五],轻翻柳陌。多情最谁[六]追惜。但蜂媒蝶使,时叩窗隔[1]。　东园岑寂[七]。渐蒙笼暗碧。静绕珍丛底，成叹息。长条故惹行客。似牵衣待话，别情无极。残英小、强簪巾帻。终不似一朵，钗头颤袅，向人欹侧。漂流处、莫趁潮汐。恐断红[八]、尚有相思字，何由见得。

■ 校

〔一〕按《浩然斋雅谈》载：宣和中，朝廷赐酺，李师师歌《大酺》《六丑》二解。上顾教坊使袁绹，问《六丑》之义，莫能对。召邦彦问之，对曰："此犯六调，皆声之美者，然绝难歌。"《词源》"律吕四犯"，其义例详大鹤所撰《斠律》卷下。

〔二〕恨客里：毛刻《草堂》"恨"作"怅"。

〔三〕花何在：毛刻《草堂》"花"作"家"。

〔四〕葬楚宫：毛刻《草堂》"葬"作"送"。

〔五〕桃蹊：毛刻《草堂》"蹊"作"谿"。

〔六〕最谁："最"，元本及《阳春白雪》并作"为"，《草堂》本并作"更"。

〔七〕"东园"句：汲古误以此句属上结。今从元本。

〔八〕断红："红"，元本作"鸿"，讹甚，汲古本同。又注云："或作'红'，非。"引"来春纵有相思字，三月天南断雁飞"之句以实之。按此词通首赋落花，又题云"蔷薇谢后作"，则此句承上漂流之意，本作"断红"，其义甚显，有《阳春白雪》可证。又宋庞元英《谈薮》谓："御沟流红叶，本朝词人罕用其事，惟清真乐府《六丑》咏落花云：'恐断红、上有相思字。'"是更为宋本作"红"得一左谶已。

■ 批

[1]"隔",一作"槅"。

塞垣春

暮色分平野。傍苇岸、征帆卸。烟深^(一)极浦,树藏孤馆,秋景如画。渐别离气味难禁也。更物象、供潇洒。念多才浑衰减,一怀幽恨难写。　追念绮窗人,天然自、风韵闲雅。竟夕起相思,慢嗟怨遥夜。又还将、两袖珠泪,沉吟向寂寥寒灯下。玉骨为多感,瘦来无一把。

■ 校

〔一〕烟深:"深",元本作"村",误。

扫花游^(一)

晓阴翳日,正雾霭烟横,远迷平楚。暗黄万缕。听鸣禽按曲,小腰欲舞。细绕回堤,驻马河桥避雨。信流去。想一叶^(二)怨题,今到何处。　　春事能几许。任占地持杯,扫花寻路。泪珠溅俎。叹将愁度日,病伤幽素。恨入金徽,见说文君更苦。黯凝伫。掩重关、遍城钟鼓。

■ 校

〔一〕元本题作《扫地花》。

〔二〕想一叶:汲古无"想"字,元本同,今从《阳春白雪》补正。按庞元英《谈薮》载:清真乐府两用御沟红叶故事,其一《扫花游》云:"信流去。想一叶怨题,今到何处。"可知清真原有"想"字,宋人所见,必不虚也。

夜飞鹊　别情

河桥送人处,良夜〔一〕何其〔二〕。斜月远堕馀辉。铜盘烛泪已流尽,霏霏凉露沾衣。相将散离会〔三〕,探风前津鼓,树杪参旗。花骢〔四〕会意,纵扬鞭、亦自行迟。　　迢递路回清野,人语渐无闻,空带愁归。何意重经前地〔五〕,遗钿不见,斜径都迷。兔葵燕麦,向残阳、影与〔六〕人齐。但徘徊班草,欷歔酹酒,极望天西。

■ 校

〔一〕良夜：元本、陈刻《草堂》并作"凉夜"。

〔二〕何其：《草堂》本并作"何期"。

〔三〕离会：《草堂》本"会"下并多"处"字。

〔四〕花骢：毛刻《草堂》作"华骝"。

〔五〕重经前地：元本、《草堂》本并讹作"重红满地"。陈刻《草堂》"前"作"旧"。

〔六〕影与："影"，元本作"欲"。

满庭芳[1]　夏日溧水无想山作〔一〕[2]

风老莺雏，雨肥梅子，午阴佳树〔二〕清圆。地卑山近，衣润费炉烟。人静〔三〕乌鸢自乐，小桥外、新渌溅溅。凭阑久，黄芦苦竹，疑泛〔四〕九江船。　年年。如社燕，飘流瀚海，来寄修椽。且莫思身外，长近尊前。憔悴江南倦客，不堪听、急管繁弦〔五〕。歌筵畔，先安簟枕，容我醉时眠。

■ 校

〔一〕按《清真集》强焕序云：溧水为负山之邑，待制周公元祐癸酉为邑长于斯，所治后圃有亭曰"姑射"，有堂曰"萧闲"，皆取神仙中事，揭而名之。此云"无想山"，盖亦美成所名，亦神仙家言也。

〔二〕佳树：元本作"嘉树"，《雅词》作"槐影"。

〔三〕人静：《雅词》作"人去"。

〔四〕疑泛：元本、汲古本并作"拟"。今从《雅词》。

〔五〕繁弦：《雅词》作"危弦"。

■ 批

[1] 此调即《锁阳台》。

[2] 美成以元祐癸酉春中为溧水邑宰，此"无想山"盖亦其遗政，所谓以神仙中事名之者。强叙但记"姑射""萧闲"二迹，此"无想山"又一胜地，词中以香山谪江州自喻，或其迁外后不得志之作欤？

花犯　咏梅

粉墙低，梅花照眼，依然旧风味。露痕轻缀。疑净洗铅华，无限佳丽〔一〕。去年胜赏曾孤倚[1]。冰盘共燕喜〔二〕。更可惜〔三〕，雪中高士〔四〕，香篝熏素被。　今年对花最匆匆[2]，相逢似有恨，依依愁悴。吟望久〔五〕，青苔上、旋看飞坠。相将见、脆圆〔六〕荐酒，人正在、空江烟浪里。但梦想、一枝潇洒，黄昏斜照水。

■ 校

〔一〕佳丽:"佳",《雅词》作"清"。

〔二〕共燕喜:"共",汲古作"同",从《草堂》。按"共"即"供"字。杜诗"开筵得屡供",此盖言梅花供一醉之意,较"同"字义长。后人因此字宜平,误会"共"意,遂改作"同",不知"同"字与上句"孤倚"义未洽也。

〔三〕更可惜:《阳春白雪》作"最好是"。

〔四〕高士:汲古作"高树",诸本并同。《雅词》作"高士",盖用卧雪故事,今从之。

〔五〕吟望久:"吟",《雅词》作"凝"。

〔六〕脆圆:元本、《阳春白雪》并作"脆丸"。《山家清供》记:"剥梅浸雪酿之,露一宿,取去,蜜渍之,可荐酒。"词正用此意。

■ 批

[1]"倚"字叶。

[2]"最",一作"太"。"愁",一作"憔"。

戈氏臆改之字可付之不论不议之列。疆村

大酺 春雨

对宿烟收,春禽静,飞雨时鸣高屋。墙头青玉旆,洗铅霜都尽，嫩梢相触。润逼琴丝，寒侵枕障，虫网吹黏帘竹。邮亭无人处，听檐声不断，困眠初熟。奈愁极频惊〔一〕，梦轻难记，自怜幽独。　行人归意速。最先念、流潦妨车毂。怎奈向、兰成憔悴，乐广〔二〕清羸，等闲时、易伤心目。未怪平阳客，双泪落、笛中哀曲。况萧索、青芜国。红糁铺地，门外荆桃如菽。夜游共谁秉烛。

■ 校

〔一〕频惊："频"，元本作"顿"。毛刻《草堂》同。以梦窗词校之，此字宜平。

〔二〕乐广：元本作"卫玠"。

霜叶飞

露迷衰草。疏星挂，凉蟾低下林表。素娥青女斗婵娟，正倍添凄悄。渐飒飒、丹枫撼晓。横天云浪鱼鳞小。见皓月〔一〕相看，又透入、清辉半饷[1]，特地留照。　迢递望极关山，波穿千里，度日如岁难到。凤楼今夜听秋风，奈五更愁抱。想玉匣、哀弦闭了。无心重理相思调。念故人、牵离恨，屏掩孤鼙，泪流多少。[2]

■ 校

〔一〕见皓月：元本此三字上下阕互异。"念故人"之"念"

作"似",证以梦窗词,二句字律与汲古本合,今从之。

■ 批

[1] 晌。

[2] 昔与蒋次湘在藩使署西楼和此曲,始叹清真词义高古,非白石、梦窗所能到,盖骨气奇特,得天独厚欤!

法曲献仙音[1]

蝉咽凉柯,燕飞尘幕,漏阁签声时度。倦脱纶巾,困便湘竹,桐阴半侵庭户。向抱影凝情处。时闻打窗雨。　耿无语〔一〕。叹文园、近来多病,情绪懒,尊酒易成间阻。缥缈玉[2]京人,想依然、京兆眉妩。翠幕[3]深中,对徽容、空在纨素。待花前月下,见了不教归去。

■ 校

〔一〕耿无语:汲古属上结,误。今从元本。

■ 批

[1] 是调首句第二字,次句第四字,四、五句第二、第四字并宜用入声。三句第二字亦同,姜白石、梦窗皆守此律。近世词

家每谨于上去以为审音,盖词中入声之律尤严,非深于乐者不能陈其细趣,若元曲,则无入声,学者知之。

[2]"玉"字亦入声律,吴词二首皆然。

[3]戈选以"幕"字复,遂改作"帐",不知是字宜入声律,梦窗、白石并不用上去声。

渡江云

晴岚低楚甸,暖回雁翼,阵势起平沙。骤惊春在眼,借问何时,委曲到山家。涂香晕色,盛粉饰、争作妍华。千万丝、陌头杨柳,渐渐可藏鸦。　　堪嗟。清江东注,画舸西流,指长安日下[1]。愁宴阑、风翻旗尾,潮溅乌纱。今宵正对初弦月,傍水驿、深舣蒹葭。沉恨处,时时自剔(一)灯花。

■ 校

〔一〕自剔:汲古是句句首衍"但"字,"自"作"频",注引吴融《剪刀赋》:"画眉而频剔灯花。"按"时时"即"频"意,今据《草堂》本勘正,又梦窗是调末句作"澄波澹绿无痕","澹"字亦去声也。

■ 批

[1]"日",入作平,梦窗则用平。"下"字夹协,诸家并守是律。凡此调中所用入声字綦严不可忽也。

应天长　寒食

条风〔一〕布暖,霏雾弄晴,池台遍满春色。正是夜堂无月,沉沉暗寒食。梁间燕,前社〔二〕客[1]。似笑我、闭门愁寂〔三〕。乱花过,隔院芸香,满地狼藉。　　长记那回时,邂逅相逢,郊外驻油壁。又见汉宫传烛[2],飞烟五侯宅。青青草,迷路陌。强载酒、细寻前迹。市桥远,柳下人家,犹自相识。

■ 校

〔一〕条风:"条",《阳春白雪》作"蕙"。

〔二〕前社:汲古作"社前"。从《草堂》。

〔三〕愁寂:《阳春白雪》作"岑寂"。

■ 批

[1]"客"韵,以下阕"陌"韵及梦窗词校正,疑作"前社客",寒食已过社日。

[2]"月"与"烛"并协韵,梦窗作从同。

此夹协例,世多忽之。《词选》

玉楼春

当时携手城东道。月堕檐牙人睡了。酒边谁使客愁惊〔一〕,帐底不教春梦到。　　别来人事如秋草。应有吴霜侵翠葆。夕阳深锁绿苔门〔二〕,一任卢郎愁里老。

■ 校

〔一〕客愁惊:汲古"惊"作"轻"。从元本。
〔二〕绿苔门:汲古"苔"作"杨"。从元本。

又

玉琴虚下伤心泪。只有文君知曲意。帘烘楼迥〔一〕月宜人,酒暖香融春有味。　　萋萋芳草迷千里。惆怅王孙行未已。天涯回首一销魂,二十四桥歌舞地。

■ 校

〔一〕楼迥：汲古本"迥"作"迫"。从元本。

又

大堤花艳惊郎目。秀色秾华看不足。休将宝瑟写幽怀，座上有人能顾曲。　平波落照涵赪玉。画舸亭亭浮淡渌。临分何以祝深情，只有别愁[一][1]三万斛。

■ 校

〔一〕别愁：元本作"别离"，非。

■ 批

[1] 一作"离愁"，是。

又

玉奁收起新妆了。鬓畔斜枝红袅袅。浅嚬轻笑百般宜，试著春衫应更好〔一〕。　裁金簇翠天机巧。不称野人簪破帽。满头聊作〔二〕片时狂，顿减十年尘土貌。

■ 校

〔一〕应更好：元本"应"作"犹"。
〔二〕聊作：元本作"聊插"。

又

桃溪不作从容住。秋藕绝来无续处。当时相候赤阑桥，今日独寻黄叶路〔一〕。　烟中列岫青无数。雁背夕阳红欲暮。人如风后入江云，情似雨馀黏地絮。

■ 校

〔一〕"当时"句：《草堂》本并作"当时无奈鸟声哀"，下句"独寻"作"重寻"。

伤情怨[一]

枝头风信[二]渐小。看暮鸦飞了。又是黄昏,闭门收返照。江南人去路杳。信未通、愁已先到。怕见孤灯,霜寒催睡早。

■ 校

〔一〕按此调即《清商怨》。陈允平和词亦不作《伤情怨》,疑以音近而讹。集中又有《关河令》一调,亦与《清商怨》同体而异名。

〔二〕风信:元本作"风势"。

品令　梅花

夜阑人静。月痕寄、梅梢疏影。帘外曲角栏干近。旧携手处,花雾[一]寒成阵。　应是不禁愁与恨。纵相逢难问。黛眉曾把春衫印。后期无定。肠断香销尽。

■ 校

〔一〕花雾：元本此句作"花发雾寒成阵"，六字句，下阕"肠断"作"断肠"，并误。

木兰花令　暮秋饯别

郊原雨过金英秀。风扫霜威寒入袖。感君一曲断肠歌，送我〔一〕十分和泪酒。　古道尘清榆柳瘦。系马邮亭人散后。今宵灯尽酒醒时，可惜朱颜成皓首。

■ 校

〔一〕送我："送"，元本作"劝"。

秋蕊香

乳鸭池塘水暖〔一〕。风紧柳花迎面。午妆粉指印窗眼。曲里长眉翠浅。　闻知〔二〕社日停针线。探新燕〔三〕。宝钗落枕梦春〔四〕远[1]。帘影参差满院。

■ 校

〔一〕水暖:"水",《雅词》作"烟"。

〔二〕闻知:"闻",元本作"问"。

〔三〕探新燕:"探",汲古作"贪",以音讹,从元本。

〔四〕梦春:汲古作"梦魂"。元本、《阳春白雪》并作"春梦"。今从《雅词》。

■ 批

[1] 此句与上阕"眼"字同,以梦窗词校之亦合。

菩萨蛮

银河宛转三千曲。浴凫飞鹭澄波渌。何处望归舟〔一〕。夕阳江上楼。　天憎梅浪发。故下封枝雪。深院卷帘看。应怜江上寒。

■ 校

〔一〕望归舟:"望",元本作"是"。

玉团儿

　　铅华淡伫新妆束。好风韵、天然异俗。彼此知名,虽然初见,情分先熟。　炉烟淡淡云屏曲。睡半醒、生香透肉。赖得相逢,若还虚过,生世不足。

丑奴儿　　咏梅

　　肌肤绰约真仙子,来伴冰霜。洗尽铅黄。素面初无一点妆。寻花不用持银烛,暗里闻香。零落池塘。分付余妍与寿阳。

又

　　南枝度腊开全少,疏影当轩。一种宜寒。自共清蟾别有缘。江南风味依然在,玉貌韶颜。今夜凭阑。不似钗头子细看。

又

香梅开后风传信,绣户先知。雾湿罗衣。冷艳须攀最远枝。高歌羌管吹遥夜,看即分披。已恨来迟。不见娉婷带雪时。

感皇恩

露柳好风标,娇莺能语。独占春光最多处。浅颦轻笑,未肯等闲分付。为谁心子里,长长苦。　　洞房见说,云深无路。凭仗青鸾道情素。酒空歌断,又被涛江催度[一]。怎向[二]言不尽,愁无数。

■ 校

〔一〕催度:元本"度"作"去",非是。

〔二〕怎向:元本"怎向"作"怎奈向",非是。按宋本柳永《乐章集·过涧歇近》词过片云"怎向心绪",又秦观《淮海词·鼓笛慢》末句亦云"我如何怎向",是"怎向"为当时语可证。

又

小阁倚晴空,数声钟定。斗柄垂寒暮天静。朝来残酒,又被春风吹醒。眼前犹认得,当时景。　往事旧欢,不堪重省。自叹多愁更多病。绮窗依旧,敲遍阑干谁应。断肠明月下,梅摇影。

宴桃源

尘暗一枰〔一〕文绣。泪湿领巾红皱。初暖绮罗轻,腰胜武昌官柳。长昼。长昼。闲卧〔二〕午窗中酒。[1]

■ 校

〔一〕尘暗一枰:元本作"尘满一絣"。

〔二〕闲卧:"闲",元本作"困"。

■ 批

[1] 按此词旧有两首,诸本并同,陈允平亦和其二,惟《草堂》本载一首云:"池上春云何处。满目残花飞絮。孤馆悄无人,

梦断月堤归路。无绪。无绪。帘外五更风雨。"意境绝佳，它本未之见。稿本

《草堂》尚有它词[①]为元本、毛本均未收者，拟入补遗。彊村

又

门外迢迢行路。谁送郎边尺素。巷陌雨馀风，当面湿花飞去。无绪。无绪。闲处偷垂玉箸。

月中行

蜀丝趁日染干红。微暖口脂[一]融。博山细篆[二]霭房栊。静看[三]打窗虫。　愁多胆怯疑虚幕，声不断、暮景疏钟。团围四壁小屏风。泪尽[四]梦啼中。

---

① 稿本"它词"作"他词"。

■ 校

〔一〕口脂:"口",元本、《阳春白雪》并作"面"。

〔二〕细篆:《雅词》"篆"作"炷"。

〔三〕静看:《雅词》"看"作"著"。

〔四〕泪尽:元本作"啼尽",误。

渔家傲[1]

灰暖香融销永昼。蒲萄上架〔一〕春藤秀。曲角阑干群雀斗。清明后。风梳万缕亭前柳。　　日照钗梁光欲溜。循阶竹粉沾衣袖。拂拂面红新著酒。沉吟久。昨宵正是来时候。

■ 校

〔一〕上架:元本作"架上",《阳春白雪》作"上格",以意近讹。

■ 批

[1] 句句叶韵。

又

几日轻阴寒恻恻(一)[1]。东风急处花成积。醉踏阳春怀故国。归未得。黄鹂久住如相识[2]。　赖有蛾眉能缓客(二)。长歌屡劝金杯侧。歌罢月痕来照席。贪欢适。帘前重露成涓滴。

■ 校

(一)恻恻：元本作"测测"，误。

(二)缓客："缓"，诸本并作"煖"，疑讹，今从《词萃》作"缓"。

■ 批

[1]"恻"当作"侧"，白石词"侧侧轻寒"。

下阕有"侧"字韵，两宋词人上下不忌，详余著《绝妙好词校录》。

[2]"识"字韵用唐戎昱旧句。稿本

定风波

莫倚能歌敛黛眉。此歌能有几人知。他日相逢花月底。重理。好声须记得来时。　苦恨城头传漏水[一]。催起[二],无情岂解[三]惜分飞[四]。休诉[五]金尊推玉臂。从醉。明朝有酒遣谁持。

■ 校

〔一〕传漏水:诸本"水"作"永"。"传",元本作"更"。

〔二〕催起:汲古二字阙,元本未空格,从《雅词》补。按谱此有短韵。"起"字与上"永"字不叶,是"永"为"水"之讹文可证。

〔三〕岂解:《雅词》"岂"作"那"。

〔四〕分飞:《雅词》"分飞"作"相思"。

〔五〕休诉:《雅词》"休"作"莫"。

蝶恋花　咏柳

爱日轻明新雪[一]后。柳眼星星,渐欲穿窗牖。不待长亭倾别酒。一枝已入离人〔二〕手。　　浅浅柔黄〔三〕轻蜡透。过尽冰霜,便与春争秀。强对青铜簪白首。老来风味难依旧。

■ 校

〔一〕爱日、新雪:汲古本注云:"《清真集》作'暖日轻明新霁后'。"

〔二〕离人:汲古诸本并作"骚人"。仁和劳氏校汪氏振绮堂藏旧钞本,"骚"字作"离",当据订。此传钞者以"离骚"二字连言互讹。

〔三〕柔黄:元本作"挼蓝"。

又

桃萼新香梅落后。叶暗藏鸦,冉冉〔一〕垂亭牗。舞困低迷如著酒。乱丝偏近游人手。　　雨过朦胧斜日透。客舍青青,特地添明秀。莫话扬鞭回别首。渭城荒远无交旧。

■ 校

〔一〕冉冉:元本加草头。

又

小阁阴阴人寂后。翠幕褰风,烛影摇疏牖。夜半霜寒初索酒。金刀正在柔荑手。 粉薄丝轻^(一)光欲透。小叶尖新,未放双眉秀。记得长条垂鹢首。别离情味还依旧。

■ 校

〔一〕粉薄丝轻:元本作"彩薄粉轻"。

又^(一)

蠢蠢黄金初脱后。暖日飞绵,取次黏窗牖。不见长条低拂酒。赠行应已输纤手^(二)。 莺掷金梭飞不透。小榭危楼,处处添奇秀。何日隋堤萦马首。路长人倦空思旧。

■ 校

〔一〕按集中咏柳五首皆同韵,元本存其四,汲古本独于"晚步芳塘"一首落次于后,疏舛已甚,今据韵例订正,类列第五。

〔二〕纤手：汲古诸本并作"先手"。劳氏旧钞本"先"作"纤"，今从之。此以音近讹。

又 〔一〕[1]

晚步芳塘新霁后。春意潜来，迤逦通窗牖。午睡渐多浓似酒。韶华已入东君手。　嫩绿轻黄成染透。烛下工夫，泄漏章台秀。拟插芳条须满首。管教风味还胜旧。

■ 校

〔一〕此首应列"蠢蠢黄金"一阕之后，以同韵《咏柳》可证原本次第，不须牵于汲古，沿其讹舛。

■ 批

[1] 此第三首之次第，仍沿汲古之舛误。丁氏《西泠词萃》亦独误此首于此间，盖狃于"第三"二字之舛，不知此为校录之省例，顺原次也。

又　早行

　　月皎惊乌栖不定。更漏将阑[1]，辘轳牵金井。唤起两眸清炯炯。泪花落枕红绵冷。　　执手霜风吹鬓影。去意徘徊〔一〕，别语愁难听。楼上阑干横斗柄。露寒人远鸡相应。

■ 校

〔一〕徘徊：元本作"徊徨"。

■ 批

[1]"阑"，元本作"残"。

又

　　鱼尾霞生明远树。翠壁黏天，玉叶迎风举。一笑相逢蓬海路。人间风月如尘土。　　剪水双眸云半吐〔一〕。醉倒天瓢〔二〕，笑语生青雾。此会未阑须记取。桃花几度吹红雨。

■ 校

〔一〕云半吐：汲古"半"作"鬓"，误。今从《历代诗余》。

〔二〕天瓢：汲古"瓢"作"飘"，误。今从《历代诗余》。

又

美盼低迷情宛转。爱雨怜云，渐觉宽金钏。桃李香苞秋不展[1]。深心黯黯谁能见。　宋玉墙高才一觇。絮乱丝繁，苦隔春风面。歌板未终风色变〔一〕。梦为蝴蝶留芳甸。

■ 校

〔一〕风色变：汲古本、元本并作"便"。疑本作"变"，以音讹。

■ 批

[1]"秋"当是"愁"之讹脱。

又

叶底寻花春欲暮。折遍柔枝，满手真珠露。不见旧人空旧处。对花惹起愁无数。　　却倚阑干吹柳絮。粉蝶多情，飞上钗头住。若遣郎身如蝶羽。芳时争肯抛人去。

又

酒熟微红生眼尾。半额龙香，冉冉飘衣袂。云压宝钗撩不起。黄金心字双垂耳。　　愁入眉痕添秀美。无限柔情，分付西流水。忽被惊风吹别泪。只应天也知人意。

红罗袄

画烛寻欢去，羸马载愁归。念取酒东垆，尊罍虽近，采花南圃，蜂蝶须知。 自分袂、天阔鸿稀。空乖⁽一⁾梦约心期。楚客忆江蘺。算宋玉、未必为秋悲。

■ 校

〔一〕空乖：汲古本作"空怀乖"，三字必有一衍文。元本无"乖"字。今从《词萃》作"空乖"，语义较洽。

少年游　感旧[1]

并刀如水，吴盐胜雪，纤指⁽一⁾破新橙⁽二⁾。锦幄初温，兽香⁽三⁾不断，相对坐吹笙⁽四⁾。　低声问向谁行⁽五⁾宿，城上已三更。马滑霜浓，不如休去，直是⁽六⁾少人行。

■ 校

〔一〕纤指："指"，元本作"手"。

〔二〕破新橙："破"，《雅词》作"割"。

〔三〕兽香：元本"香"作"烟"。

〔四〕吹笙：元本"吹笙"作"调筝"。

〔五〕谁行：《雅词》"行"作"边"。

〔六〕直是：《雅词》"是"作"自"。

■ 批

[1]《浩然斋雅谈》以为，此词在李师师家所作，道君见之，押出国门，此亦当时讹传，余有辨证一则甚确。《苕溪渔隐》谓词人故事，往往附会失实，皆小说家故态，不足据也。

又^(一)

檐牙缥缈小倡楼^(二)。凉月挂银钩。毡席笙歌，透帘灯火，风景似扬州。　　当时面色欺春雪，曾伴美人游。今日重来，更无人问，独自倚阑愁。

■ 校

〔一〕按元本题作《楼月》，则选家分类之谓，不足据也。
〔二〕倡楼："倡"，《雅词》作"红"。

又　荆州作[1]

南都石黛扫晴山。衣薄奈朝寒。一夕东风，海棠花谢，楼上卷帘看。　而今丽日明如洗，南陌暖雕鞍。旧赏园林，喜无风雨，春鸟报平安。

■ 批

[1] 调下汲古本有题云"荆州作"，与此同。

又　雨后

朝云漠漠散轻丝。楼阁澹春姿。柳泣花啼，九街泥重，门外燕飞迟。　而今丽日明金屋，春色在桃枝。不似当时，小桥〔一〕冲雨，幽恨两人知。

■ 校

〔一〕小桥[1]：汲古本作"小楼"。《词萃》作"小桥"，劳氏旧钞本同，今从之。

■ 批

[1] 若楼上不当谓"冲雨"也。

还京乐

禁烟近,触处、浮香秀色[1]相料理。正泥花时候,奈何客里,光阴虚费。望箭波无际[2]。迎风漾日黄云委。任去远,中有万点,相思清泪。　　到长淮底。过当时楼下,殷勤为说,春来羁旅况味。堪嗟误约乖期,向天涯、自看桃李。想如今、应恨墨盈笺,愁妆照水。怎得青鸾翼,飞归教见憔悴。[3]

■ 批

[1] 第二句当于"色"字逗。稿本

[2] "际"字非韵,以校梦窗词知之。

[3] 下阕"看"字不作平声,"翼"字不叶,然宜用入声字①,以梦窗词校此,曲体悉合。方、杨、陈②三家和作,皆未审律。"翼"字,杨和以为韵,益误。稿本

---

① 字,括庵漏抄,据稿本补。
② 原本此处漏抄一"陈"字,当补。

解连环〔一〕[1]

怨怀无托〔二〕。嗟情人断绝,信音辽邈[2]。纵妙手〔三〕、能解连环,似风散雨收,雾轻云薄[3]。燕子楼空,暗尘锁、一床弦索。想移根换叶。尽是旧时,手种红药。　　汀洲渐生杜若。料舟依〔四〕岸曲,人在天角。漫记得〔五〕[4]、当日音书,把闲语闲言,待总〔六〕烧却。水驿春回,望寄我、江南梅萼。拚今生,对花对酒,为伊泪落。

■ 校

〔一〕汲古题作《怨别》,从元本删。

〔二〕无托:"无",《草堂》本作"难",《词萃》作"谁"。

〔三〕纵妙手:"纵",元本作"信"。

〔四〕舟依:"依",《草堂》本作"移"。

〔五〕漫记得:汲古脱"漫"字,从元本补,《花庵》《白雪》并同。

〔六〕待总:"待",《草堂》本并作"尽",非是。

■ 批

[1] 按此调次句亦叶,证以梦窗二首,并与此同。稿本

[2] "邈"音灭。梦窗是解亦用"邈"字韵叶入,在第三句。

[3] 石帚是调第五句云:"小乔妙移筝,雁啼秋水。"字数与

此同，只句段少异。"秋水"韵作五字连读，今和者、选者误作四字。

[4]"漫记得"句，吴调字同，千里和六字，失考。

绮寮怨〔一〕[1]

上马人扶残醉，晓风吹未醒。映水曲、翠瓦朱帘，垂杨里、乍见津亭。当时曾题败壁，蛛丝罩、淡墨苔晕青。念去来、岁月如流，徘徊久、叹息愁思盈。　　去去倦寻路程。江陵旧事，何曾再问杨琼。旧曲凄清。敛愁黛、与谁听。尊前故人如在，想念我、最关情。何须渭城。歌声[2]未尽处，先泪零。

■ 校

〔一〕按此属中吕均，夹协短韵最多，如下阕"清""城"二韵，万氏《词律》并失考，陈允平和于过片"程"字及此二韵亦不叶，以宋人和宋词且疏于审律如是。

■ 批

[1]按单题、杂赋二类，凡调下题目多为后人所增易，盖狃于类编俗例如此。美成原题自易辨也，词例大凡缘情属景之作，强半无题。

唐五代词，声文谐会，曲名即题，故不别出。南宋以还，渐辞费矣。

[2]伯弢云："声"字亦短叶。

玲珑四犯[1]

秾李夭桃，是旧日潘郎，亲试春艳。自别河阳，长负露房烟脸。憔悴鬓点吴霜，细念想[一]梦魂飞乱。叹画阑玉砌都换。才始有缘重见[2]。　夜深偷展香罗荐。暗窗前、醉眠葱蒨。浮花浪蕊都相识，谁更曾抬眼。休问旧色旧[3]香，但认取、芳心一点。奈又[二]片时一阵，风雨恶，吹分散。

■ 校

〔一〕细念想：元本脱"细"字。

〔二〕奈又：元本无"奈"字。《词萃》同，宜据订。

■ 批

[1]长吉诗："吴霜点归鬓"，美成词习用其隽句。

[2]此词"见"字、"换"字二韵有哀时感遇之致，读之肠一日而九回。

[3] 汲古本①第二"旧"字误作"蒨",当据此本更正。梦窗词亦有"旧色旧香"之句,毛刻并误第二"旧"为"蒨"。

丹凤吟　春恨

迤逦春光无赖,翠藻翻池,黄蜂游阁。朝来风暴,飞絮乱投帘幕。生憎[1]暮景,倚墙临岸,杏靥夭斜,榆钱轻薄。昼永惟思〔一〕傍枕,睡起无憀,残照犹在庭角〔二〕。　况是别离气味,坐来但觉〔三〕心绪恶。痛饮〔四〕浇愁酒,奈愁浓如酒,无计销铄。那堪昏暝,簌簌半檐花落。弄粉调朱柔素手,问何时重握。此时此意,长怕〔五〕人道著。

■ 校

〔一〕惟思:《草堂》本并作"思惟"。

〔二〕庭角:"庭",元本作"亭"。

〔三〕但觉:"但",《草堂》本并作"便"。

〔四〕痛饮:"饮",元本作"引"。

〔五〕长怕[2]:"长",汲古作"生",从毛刻《草堂》。

---

① 底本作"汲本古","本古"二字当互乙。

■ 批

[1]"生憎"与结句"生怕"复,此小失检点处。

[2]明刻《草堂》本无"生"字,乃脱误,可以梦窗词校之,当作五字结。

忆旧游

记愁横浅黛,泪洗红铅,门掩秋宵。坠叶惊离思,听寒螀〔一〕夜泣,乱雨萧萧。凤钗半脱云鬓,窗影烛花摇。渐暗竹敲凉,疏萤照晓〔二〕,两地魂销。　　迢迢。问音信,道径底花阴,时认鸣镳。也拟临朱户,叹因郎憔悴,羞见郎招。旧巢更有新燕,杨柳拂河桥。但满眼京尘〔三〕,东风竟日吹露桃[1]。

■ 校

〔一〕寒螀:"螀",陈刻《草堂》作"蛩"。

〔二〕照晓:"晓",元本作"晚"。

〔三〕京尘:"京",《阳春白雪》作"惊"。

■ 批

[1]末句第四字宜入声律。

拜星月慢

夜色催更,清尘收露,小曲幽坊月暗[1]。竹槛灯窗,识秋娘庭院。笑相遇,似觉琼枝玉树相倚〔一〕[2],暖日明霞光烂。水盼兰情,总平生稀见。　　画图中、旧识〔二〕春风面。谁知道、自到瑶台畔。眷恋雨润云温,苦惊风吹散。念荒寒、寄宿无人馆。重门闭、败壁秋虫叹。怎奈向〔三〕、一缕相思,隔溪山不断。

■ 校

〔一〕相倚:元本二字脱。

〔二〕旧识:毛刻《草堂》"旧"作"误"。

〔三〕怎奈向:毛刻《草堂》"怎"作"争"。

■ 批

[1]"暗",一本作"转"。

[2]"相倚"疑作"香倚",以音同讹。

梦窗作:"叹游荡,暂赏、吟花酌露尊俎,冷玉红香垒洗。"是此词夺"相倚"二字可证,且词义亦似未洽。

此调六、七两句本作对偶,以梦窗校之,益信。

倒犯[一]　咏月

霁景、对霜蟾乍升，素烟如扫。千林夜缟。徘徊处、渐移深窈。何人正弄、孤影蹁跹西窗悄[1]。冒露冷[二]貂裘，玉骖邀云表。共寒光、饮清醥。　　淮左旧游，记送行人，归来山路窅。驻马望素魄，印遥碧、金枢小。爱秀色、初娟好。念漂浮、绵绵思远道。料异日宵征，必定还相照。奈何人自老[三]。

■ 校

〔一〕元本调作《吉了犯》[2]。

〔二〕露冷[3]：元本"露"作"霜"。

〔三〕人自老：元本"老"上衍"衰"字。

■ 批

[1] 以梦窗词校订是句，当从"影"字断句。

[2] 疑"吉了"为倒字切音。

[3] 梦窗是句作"到兴懒归来"，则"露"字去声为合。彊村吴词此字亦不作平，可信。

吴词"昼长看柳舞"可证旧谱作五字。

减字木兰花

风鬟雾鬓。便觉蓬莱三岛近。水秀山明。缥缈仙姿画不成。广寒丹桂。岂是夭桃尘俗世。只恐乘风。飞上琼楼玉宇中。

木兰花令

歌时宛转饶风措。莺语清圆啼玉树。断肠归去月三更,薄酒醒来愁万绪。　孤灯翳翳昏如雾。枕上依稀闻笑语。恶嫌春梦不分明,忘了与伊相见处。

蓦山溪

楼前疏柳,柳外无穷路。翠色四天垂,数峰青、高城阔处。江湖病眼,偏向此山明,愁无语。空凝伫。两两昏鸦去。　平康巷陌，往事如花雨。十载却归来，倦追寻、酒旗戏鼓。今宵幸有，人似月婵娟，霞袖举。杯深注。一曲黄金缕。

又

江天雪意，夜色寒成阵。翠袖捧金蕉，酒红潮、香凝沁粉。帘波不动，新月淡笼明，香破豆，烛频花，减字歌声稳。　恨眉羞敛，往事休重问。人去小庭空，有梅梢、一枝春信。檀心未展，谁为探芳丛，消瘦尽，洗妆匀，应更添风韵。

青玉案

良夜灯光簇如豆。占好事、今宵有。酒罢歌阑人散后。琵琶轻放，语声低颤，灭烛来相就。　玉体偎人情何厚。轻惜轻怜转唧嚼。雨散云收眉儿皱。只愁彰露，那人知后。把我来僝僽。

一剪梅

一剪梅花万样娇。斜插疏枝，略点眉梢。轻盈微笑舞低回，何事尊前，拍手相招〔一〕。　夜渐寒深酒渐消。袖里时闻，玉钏轻敲。城头谁恁促残更，银漏何如，且慢明朝。

■ 校

〔一〕相招：汲古"相"作"误"。从《历代诗余》。

水调歌头[1]　中秋寄李伯纪[2]大观文

今夕月华满，银汉泻秋寒。风缠雾卷，宛转天陛玉楼宽。应是金华仙子，又喜今年乐就，□□□□□[3]。收拾山河影，都向镜中蟠。　横霜竹，吹明月，到中天。要合四海，遥望千古此轮安。何处今年无月，唯有谪仙著语，高绝莫能攀。我故唤公起，云海路漫漫。

■ 批

[1] 按《水调歌头·寄李伯纪》《鬓云松·送傅国华》二解，皆于当时事实不合，且李为观文在靖康元年九月，至绍兴二年，复以湖广宣抚使再官观文学士，至傅国华使三韩事在宣和四年，二者并非美成所及见。据此可证两词之羼乱，汲古但取其多者阑入汇刻耳，元本无此二阕，益足征毛本之舛。而半塘翁附集外词仍而不删，亦失之不校，抑已疏矣。附记以存要实。 鹤道人①

[2] 伯纪，为李纲字，著《梁溪词》。

[3] 此首《清真集》及诸选本并不载，第七句缺五字，无可校补。稿本

南柯子 [1]

宝合分时果，金盘弄赐冰。晓来阶下按新声。恰有一方明月、可中庭。　　露下天如水，风来夜气〔一〕清[2]。娇羞不肯傍人行。飐下扇儿拍手、引流萤。

■ 校

〔一〕夜气：《词萃》"气"作"更"。

----

① 此条批语原在刘必钦序后，卷上目录前，今移置此处。

■ 批

[1]按谱此调有平入两声,而体无少异,至词名"柯"又作"歌",更有《望秦川》《风蝶令》《恨春宵》《水晶帘》《十爱词》诸名,特字句并无增减耳。稿本

[2]"夜更清"与上句对,汲古"更"作"气"[①]。稿本

又

腻颈凝酥白,轻衫淡粉红。碧油凉气透帘栊。指点庭花低映、云母屏风[1]。　恨逐瑶琴写,书劳玉指封。等闲赢得瘦仪容。何事不教云雨、略下巫峰。

■ 批

[1]"云母"句作十字,当是又一体,以下阕证之。《西泠词萃》下阕失"略"字,误甚。

又　咏梳儿

桂魄分余晕,檀槽破紫心。晓妆初试鬓云侵。每被兰膏香染、

———

① 稿本"气"字后有"误"字。

色深沉。　　指印纤纤粉，钗横隐隐金。有时云雨凤帏深。长是枕前不见、媚人寻。

关河令[1]

秋阴时晴渐向暝。变一庭凄冷。伫听寒声，云深无雁影。
更深人去寂静。但照壁、孤灯相映。酒已都醒，如何消夜永。

■ 批

[1] 按此即《清商怨》，戈选起句多一字，盖因前一首"枝头风信渐小"句① 衍入"渐"字。稿本

鹊桥仙令[1]

浮花浪蕊，人间无数，开遍朱朱白白。瑶池一朵玉芙蓉，秋露洗、丹砂真色。　　晚凉拜月，六铢衣动，应被姮娥认得。翩[2]

---

① 句字括庵漏抄，据稿本补。

然欲上广寒宫,横玉度、一声天碧。

- 批

[1]此与柳词《鹊桥仙》有别。
[2]"翩",四印斋本作"翻"。

花心动

帘卷青楼,东风满,杨花乱飘晴昼。兰袂褪香,罗帐褰红,绣枕旋移相就。海棠花谢春融暖,偎人恁、娇波频溜。象床稳,鸳衾漫展,浪翻红绉。　　一夜情浓似酒。香汗渍鲛绡,几番微透。鸾困凤慵,娅姹双眸〔一〕,画也画应难就〔二〕。问伊可煞于人厚。梅萼露、胭脂檀口。从此后、纤腰为郎管瘦。

- 校

〔一〕双眸:"眸",汲古作"眼"。按此字宜平声,今从《词萃》。

〔二〕难就:"就"与上阕韵复。按宋人词不忌重韵,如吴梦窗《采桑子》"时"字、周明叔《点绛唇》"去"字、集中《西河》"水"字韵之类,并非踳驳。

双头莲 [一]

　　一抹残霞，几行新雁，天染断红，云迷阵影，隐约望中，点破晚空澄碧。助秋色。　门掩西风，桥横斜照，青翼未来，浓尘自起，咫尺凤帏，合有囗人相识。叹乖隔。　知甚时恣与，同携欢适。度曲传觞，并辔飞辔，绮陌画堂连夕。楼头千里，帐底三更，尽堪泪滴。怎生向[1]，总无聊，但只听消息。

■ 校

　　〔一〕万红友谓此词前段多不叶韵，惜方千里无和词，莫可订正。按调名《双头莲》，当为双曳头曲，以"助秋色"三字句属上，为第一段。以"叹乖隔"句属上，为第二段。分两排起调，揆之句法、字数、平侧，悉无少异，惟"合有人相识"句"人"字上疑脱一"个"字。考宋本柳耆卿词《曲玉管》一阕，起拍亦分两排，即以三字句结，是调正合。宋谱例凡曲之三叠者谓之双曳头，是亦《双头莲》曲名之一证焉。又剑南词亦有是调，字句硕异，当别是一格。[2]

■ 批

　　[1]"怎生向"三字，柳词中亦见之。

　　[2]余以意为之，音调少得清致，半塘以为神助，终嫌无佳

证,不若《荔枝香近》校订之无疑义,已录别本。

长相思　晓行

举离觞。掩洞房。箭水泠泠刻漏长。愁中看晓光。　整罗裳。脂粉香。见扫门前车上霜。相持泣路旁。

又　闺怨

马如飞。归未归。谁在河桥见别离。修杨委地垂。　掩面啼。人怎知。桃李成阴莺哺儿。闲行春尽时。

又　舟中作

好风浮。晚雨收。林叶阴阴映鹢舟。斜阳明柂楼[一]。　黯凝眸。忆旧游。艇子扁舟来莫愁。石城风浪秋。

■ 校

〔一〕柁楼：汲古本讹"柁"为"倚"。今从《词萃》。

又

沙棠舟。小棹游。池水澄澄人影浮。锦鳞迟上钩。　烟云愁。箫鼓休。再得来时已变秋。欲归须少留。

大有

仙骨清羸，沈腰憔悴，见旁人、惊怪消瘦。柳无言，双眉尽日齐斗。都缘薄幸赋情浅，许多时、不成欢偶。幸自也，总由他，何须负这心口。　令人恨行坐呪。断了更思量，没心永守。前日相逢，又早见伊仍旧。却更被温存后。都忘了、当时儇㤅。便挡撮、九百身心，依前待有。

万里春

千红万翠。簇定清明天气。为怜他、种种清香,好难为不醉。我爱深如你。我心在、个人心里。便相看、老却春风,莫无些欢意。

鹤冲天　溧水长寿乡作[1]

梅雨霁,暑风和。高柳乱蝉多。小园台榭远池波。鱼戏动新荷。　薄纱厨,轻羽扇。枕冷簟凉深院。此时情绪此时天。无事小神仙。

■ 批
[1] 此亦元祐癸酉之作。

又

　　白角簟，碧纱厨。梅雨乍晴初。谢家池畔正清虚。香散嫩芙蕖。　　日流金，风解愠。一弄素琴歌韵[1]。慢摇纨扇诉花笺。吟待晚凉天。

■ 批

[1]"韵"，四印斋本作"舞"。

卷　下

解语花　上元

　　风销绛蜡[一]，露浥红莲[二]，灯市[三]光相射。桂华流瓦。纤云散，耿耿素娥欲下。衣裳淡雅。看楚女、纤腰[四]一把。箫鼓喧，人影参差，满路飘香麝。　　因念都城放夜。望千门如昼，嬉笑游冶。钿车罗帕。相逢处，自有暗尘随马。年光是也。唯只见[五]、旧情衰谢。清漏移，飞盖归来，从舞休歌罢。

■ 校

〔一〕绛蜡：元本"绛"作"焰"。

〔二〕红莲：元本"红莲"作"烘炉"。

〔三〕灯市：元本"灯"作"花"。

〔四〕纤腰：《阳春白雪》"纤"作"宫"。

〔五〕唯只见：《阳春白雪》"见"作"有"。

锁阳台　怀钱塘

　　山崦笼春，江城吹雨，暮天烟淡云昏。酒旗渔市，冷落杏花村。苏小当年秀骨,萦蔓草、空想罗裙。潮声起,高楼喷笛,五两了无闻。　凄凉,怀故国,朝钟暮鼓,十载红尘。但梦魂迢递,长到吴门。闻道花开陌上,歌旧曲、愁杀王孙。何时见、名娃唤酒,同倒瓮头春。

又

花扑鞭鞘,风吹衫袖,马蹄初趁轻装。都城渐远,芳树隐斜阳。未惯羁游况味,征鞍上、满目凄凉。今宵里,三更皓月,愁断九回肠。　佳人,何处去,别时无计,同引离觞。但唯有相思,两处难忘。去即十分去也,如何向、千种思量。凝眸处、黄昏画角,天远路歧长。

又

白玉楼高,广寒宫阙,暮云如幛褰开。银河一派,流出碧天来。无数星躔玉李,冰轮动、光满楼台。登临处,全胜瀛海,弱水浸蓬莱。　云鬟,香雾湿,月娥韵压,云冻江梅。况餐花饮露,莫惜裴徊。坐看人间如掌,山河影、倒入琼杯。归来晚,笛声吹彻,九万里尘埃。

过秦楼[1]

水浴清蟾,叶喧凉吹,巷陌马声[2]初断。闲依露井,笑扑流萤,惹破画罗轻扇。人静夜久凭阑,愁不归眠,立残更箭。叹年华一瞬,人今千里,梦沉书远。　　空见说、鬓怯琼梳,容销金镜,渐懒趁时匀染。梅风地溽〔一〕,虹雨〔二〕苔滋,一架舞红都变。谁信无聊为伊,才减江淹,情伤荀倩。但明河影下,还看稀星数点。

■ 校

〔一〕地溽:"溽",《阳春白雪》作"湿"。
〔二〕虹雨[3]:汲古作"红雨"。从元本。

■ 批

[1] 杨泽民、陈君衡并和是曲,谓为《选冠子》,盖一调而异名。
[2] "马声特特"见飞卿诗,此言巷陌人静,较雨声意长。稿本
[3] 虹见则雨,《草堂》本亦作"虹",汲古阁及《词萃》并误作"红",不知与下句"舞红"字意俱复。

解蹀躞　秋思

候馆丹枫吹尽，面旋[1]随风舞。夜寒霜月[2]，飞来伴孤旅。还是独拥秋衾，梦余酒困都醒，满怀离苦。　　甚情绪。深念凌波微步。幽房暗相遇。泪珠都作，秋宵枕前雨。此恨音驿难通，待凭征雁归时，带将〔一〕愁去。

■ 校

〔一〕带将："带"，《花庵》作"寄"。

■ 批

[1] 回①，"旋"作去声。

[2] 考是调第三句"月"字当用入声律，与下阕"作"字同例，《梦窗甲稿》中用"著得"二字亦然，可征词律之微眇，并不独韵脚及夹叶、起煞已也。

---

① 按词中"面"字旁点三点，眉批"回"，当是"面"应作"回"之意。

蕙兰芳引　秋怀

寒莹晚空,点青镜、断霞孤鹜。对客馆深扃,霜草未衰更绿。倦游厌旅,但梦绕、阿娇金屋。想故人别后,尽日空疑风竹。

塞北毡㲲,江南图障,是处温燠。更花管云笺,犹写寄情旧曲。音尘迢递,但劳远目。今夜长,争奈枕单人独。

六么令　重阳

快风收雨,亭馆清残燠。池光静横秋影,岸柳如新沐[一]。闻道宜城酒美,昨日新醅熟。轻镳相逐。冲泥策马,来折东篱半开菊[1]。　华堂花艳对列,一一惊郎目。歌韵巧共泉声,间杂琮琤玉。惆怅周郎已老,莫唱当时曲。幽欢难卜。明年谁健,更把茱萸再三嘱。

■ 校

〔一〕如新沐:"如",汲古作"知"误,从元本。

■ 批

［1］高达夫《重阳》诗："东篱空绕半开花。"

红林檎近　咏雪

高柳春才软，冻梅寒更香。暮雪助清峭，玉尘散林塘。那堪飘风递冷，故遣度幕穿窗。似欲料理新妆。呵手弄丝簧。　冷落词赋客，萧索水云乡。援毫授简，风流犹忆东梁。望虚檐徐转，回廊未扫，夜长莫惜空酒觞[1]。

■ 批

［1］收句第四字宜入律，与《忆旧游》同律。

又　雪晴

风雪惊初霁，水乡增暮寒。树杪堕毛羽⁽一⁾，檐牙挂琅玕。才喜门堆巷积⁽二⁾，可惜迤逦销残。渐看低竹翩翩。清池涨微澜。　步屐晴正好，宴席晚方欢。梅花耐冷，亭亭来入冰盘。对前山横素，愁云变色，放杯同觅高处看。

■ 校

〔一〕毛羽："毛"，元本作"飞"。

〔二〕门堆巷积：毛刻《草堂》作"堆门积巷"。

满路花　咏雪

金花落烬灯，银砾鸣窗雪。庭深〔一〕微漏断，行人绝。风扉不定，竹圃琅玕折。玉人新间阔[1]。著这情怀〔二〕，更当恁地时节。　无言敧枕，帐底流清血。愁如春后絮，来相接。知他那里，争信人心切。除共天公说。不成也还，似伊无个分别。

■ 校

〔一〕庭深：元本作"夜深"。

〔二〕著这情怀：元本作"著甚情悰"。与次首下阕句同。

■ 批

[1]"阔"字以下阕校之，当是韵，但"帘烘泪雨干"一解，是句不叶，结句亦小异。

又

帘烘泪雨干，酒压愁城破。冰壶防饮渴，培残火。朱消粉褪，绝胜新梳裹。不是寒宵短[1]，日上三竿，矉人犹要同卧。　如今多病，寂寞章台左。黄昏风弄雪，门深锁。兰房密爱，万种思量过。也须知有我。著甚情怀，但你忘了人呵[2]。

■ 批

[1] 方、陈和作第七句并押"坐"字，证以清真三解，音调悉同，此不当独失一韵，盖为钞者误耳。居①据方、陈和词定为"坐"字，原作意谓：非关夜冷坐，却爱日高犹眠也。若作"短"字，转嫌无谓。

[2] 此句当亦有不叶之例，如《一寸金》第七句，上下阕不尽押韵，未可穿凿以求之。

氐州第一（一）

波落寒汀，村渡向晚，遥看数点帆小。乱叶翻鸦，惊风破雁，

---

① "居"字疑衍。

天角孤云缥缈。官柳⁽⁻⁾萧疏，甚尚挂、微微残照。景物关情，川途换目，顿来催老。　渐解狂朋欢意少。奈犹被、思牵情绕。座上琴心，机中锦字，觉最萦怀抱。也知人、悬望久，蔷薇谢、归来一笑。欲梦高唐，未成眠、霜空已晓。

■ 校

〔一〕汲古调下注云："《清真集》作《熙州摘遍》，字句稍异。"

〔二〕官柳："官"，汲古作"宫"，元本同，今从《草堂》本。

尉迟杯　离恨

隋堤路。渐日晚、密霭生深树。阴阴淡月笼沙，还宿河桥深处。无情画舸，都不管、烟波隔前浦⁽⁻⁾。等行人、醉拥重衾，载将离恨归去。　因思⁽⁻⁾旧客京华，长偎傍、疏林小槛欢聚。冶叶倡条俱相识，仍惯见、珠歌翠舞。如今向、渔村水驿，夜如岁、焚香独自语。有何人、念我无聊，梦魂凝想鸳侣。

■ 校

〔一〕前浦：元本"前"作"南"。

〔二〕因思：元本"思"作"念"。

塞翁吟

　　暗叶啼风雨,窗外晓色珑璁⁽一⁾。散水[1]麝,小池东。乱一岸芙蓉。蕲州簟展双纹浪,轻帐翠缕如空。梦远别[2]、泪痕重。淡铅脸斜红。　　忡忡。嗟憔悴、新宽带结,羞艳冶、都销镜中。有蜀纸、堪凭寄恨,等今夜、洒血书词,剪烛亲封。菖蒲渐老,早晚成花,教见薰风。

■ 校

〔一〕珑璁:汲古作"胧朡"。按字书无朡字,从元本改订。

■ 批

[1] 冰。①

[2] 按《草堂》本、汲古本"梦"字下无缺。(元本梦下有□)

---

① 按词中"水"字旁点三点,眉批"冰",当是"水"应作"冰"之意。

绕佛阁　旅况

　　暗尘四敛。楼观迥出,高映孤馆。清漏将短。厌闻夜久,签声动书幔。桂华又满。闲步露草,偏爱幽远。花气清婉。望中迤逦,城阴度河岸。　　倦客最萧索[1],醉倚斜桥穿柳线。还似汴堤,虹梁横水面。看浪飐春灯,舟下如箭。此行重见。叹故友难逢,羁思空乱。两眉愁、向谁行㈠展。

■ 校

〔一〕谁行:"行",元本作"舒"。

■ 批

[1]"客""索"宜从之作入声韵字方合律①,梦窗此调"浪迹尚为客"同例。稿本

庆春宫㈠

　　云接㈡平冈,山围寒野,路回渐转㈢孤城。衰柳啼鸦,惊

---

①　稿本作"过片句第二与第五字当用入声"。

凤驱雁⁽四⁾，动人一片秋声。倦途休[1]驾，澹烟里、微茫⁽五⁾见星。尘埃憔悴，生怕黄昏，离思牵萦。　华堂旧日逢迎。花艳参差，香雾飘零。弦管当头，偏怜娇凤⁽六⁾，夜深簧暖⁽七⁾笙清。眼波传意，恨密约、匆匆未成。许多烦恼，只为当时⁽八⁾，一晌留情⁽九⁾。[2]

■ 校

〔一〕汲古题作《悲秋》。从元本删。

〔二〕云接：《雅词》"云"作"天"。

〔三〕路回渐转：《雅词》"回"作"长"，"渐"作"乍"。

〔四〕驱雁：《雅词》"驱"作"过"。

〔五〕微茫："茫"，汲古讹作"芒"。从元本。

〔六〕"偏怜"句：《雅词》作"惟他绝艺"。

〔七〕簧暖："簧"，汲古作"篁"，误。从元本。

〔八〕当时："当"，元本作"常"。

〔九〕留情："留"，《雅词》作"心"。

■ 批

[1]"休"训"罢"。

[2]此与石帚所制"侧调"同体，字句无少异，但一调而分平侧尔（簧暖声清）。稿本

满江红〔一〕

昼日移阴,揽衣起、春帷睡足。临宝鉴、绿云撩乱,未忺〔二〕装束。蝶粉蜂黄都褪了〔三〕,枕痕一线红生肉〔四〕。背画阑、脉脉尽无言〔五〕,寻棋局。　　重会面,犹未卜。无限事,萦心曲。想秦筝依旧,尚鸣金屋。芳草连天迷远望,宝香薰被成孤宿。最苦是、蝴蝶满园飞,无心〔六〕扑。

■ 校

〔一〕汲古题作《春闺》。从元本删。
〔二〕未忺:"忺",汲古作"欢",误。从元本。
〔三〕褪了:"褪",毛刻《草堂》作"过"。
〔四〕红生肉:"肉",汲古作"玉",误。从元本。
〔五〕尽无言:"尽",元本作"悄"。
〔六〕无心:"心",元本作"人",毛刻《草堂》同。

丁香结

苍藓沿阶,冷萤黏屋,庭树望秋先陨。渐雨凄风迅。澹暮色,倍觉园林清润。汉姬纨扇在，重吟玩、弃掷未忍。登山临水，此恨自古，销磨不尽。　牵引。记试酒^{〔一〕}归时，映月^{〔二〕}同看雁阵。宝幄香缨，熏炉象尺，夜寒灯晕。谁念留滞故国，旧事劳方寸。唯丹青相伴，那更尘昏蠹损。

■ 校

〔一〕试酒：汲古"试"作"醉"。从元本。

〔二〕映月：汲古"映"作"对"。从元本。

三部乐　梅雪

浮玉飞琼，向邃馆静轩，倍增清绝。夜窗垂练，何用交光明月。近闻道^{〔一〕}、官阁多梅，趁暗香未远，冻蕊初发。倩谁折取^{〔二〕}，持赠^{〔三〕}情人桃叶。　回纹近传锦字，道为君瘦损，是人都说。只如^{〔四〕}染红著手，胶梳黏发。转思量、镇长堕睫。都只为、情深意切。欲报信息^{〔五〕}，无一句、堪喻^{〔六〕}愁结。

■ 校

〔一〕近闻道：汲古脱"近"字，从元本。

〔二〕折取：元本"折"作"摘"。

〔三〕持赠：元本"持"作"寄"。

〔四〕袛如：汲古讹作"袛知"，元本并误，从《历代诗余》。

〔五〕信息：元本"信"作"消"。

〔六〕堪喻：元本"喻"作"愈"。

西河〔一〕　金陵怀古

佳丽地。南朝盛事谁记。山围故国绕清江，髻鬟对起。怒涛寂寞打孤城，风樯遥度天际。　断崖树[1]，犹倒倚。莫愁艇子曾系。空馀〔二〕旧迹郁苍苍，雾沉半垒。夜深月过女墙来，伤心东望〔三〕淮水[2]。　酒旗戏鼓甚处市〔四〕。想依稀、王谢邻里。燕子不知何世。向寻常、巷陌人家，相对[3]如说兴亡，斜阳里。

■ 校

〔一〕汲古于"天际"下未分段，注云："《花庵词选》作三叠。"又云："《清真集》在'空余旧迹'句分段。"此调方、陈和作及梦窗词并三叠，与《花庵》同，元本亦以"断崖树"句为换头，今从之。

〔二〕空馀："馀"，《草堂》本并作"遗"。

〔三〕伤心东望[4]："伤"，汲古作"赏"。元本及《草堂》本并同。今从《花庵》。"望"，《草堂》本作"畔"。

〔四〕甚处市："市"，汲古误作"是"，从元本。

■ 批

[1]"树",吴音读如柿,故知此字是夹协。以"长安道"一首,"际"字甚显,惟吴君特则不协,非是。然"长安道","道"字即非韵,是律有出入之证。

[2]《建康志》所云"赏心亭",乃丁晋公以储御赐古画者,南宋词人有咏之者(稼轩词有之)。"水"字韵二语,明是用唐人"淮水东边旧时月,夜深还过女墙来"诗句,何用附会?

《草堂》本引赏心亭故实以注此词,按《建康志·赏心亭记》,萧山则撰书,景定二年立,下临秦淮。美成仕徽宗朝,出知顺昌府,徙处州死。是其作词之世,距立亭之年相去百五六十年,可知"赏心"为"伤心"之误无疑。且是调是句,梦窗作平平平侧平平侧,更足订"赏"字之讹舛。《草堂》附会既失其旨,诸本依据犹疏于考古矣。

[3]"对"字韵,次解是字亦叶,梦窗亦墨守之,近世多略,特著简眉。《词选》

[4]以集外"长安道"一首校之,知"赏心"益误,梦窗是词亦作平平。

又(一)

长安道,潇洒西风时起。尘埃车马晚游行,霸陵烟水。乱鸦栖鸟夕阳中,参差霜树相倚〔二〕。　到此际[1]。愁如苇。冷落关河千里。追思唐汉昔繁华,断碑残记。未央宫阙已成灰,终南依旧浓翠。　对此景、无限愁思。绕天涯、秋蟾如水。转使客情如醉。想当时、万古雄名,尽是〔三〕作往来[2]人、凄凉事。

■ 校

〔一〕此词诸本并无题,准以前作,当是《长安怀古》。

〔二〕相倚:汲古于"相倚"下未分段,同前误。从《词谱》。

〔三〕尽是:汲古"是"字脱。从《词谱》。按"是"字亦韵,与前阕"对"字同例。《词萃》据补,是也。

■ 批

[1]"际"字是夹叶,"佳丽地"一是"树"字当亦暗叶,梦窗是处则不叶,盖此句与起句同例,可叶可不叶耳。

[2]"往来",《词谱》作"后来",亦可据,此殆以形讹耳。

一寸金　新定作〔一〕

州[1]夹苍崖,下枕江山是城郭。望海霞接日,红翻水面,晴风吹草,青摇山脚。波暖凫鹭作〔二〕。沙痕退、夜潮正落。疏林外、一点炊烟,渡口参差正寥廓。　自叹劳生,经年何事,京华信漂泊。念渚蒲汀柳，空归闲梦，风轮雨楫，终孤前约。情景牵心眼[2]，流连处、利名易薄。回头谢、冶叶倡条，更入[3]渔钓乐。

■ 校

〔一〕汲古题作《新定词》，今从《花庵》订正。按"新定"为宋县名，属宁州建宁郡。

〔二〕凫鹥作："作"，《词谱》作"泳"，不叶。考梦窗、筠溪二词，此句并叶。梦窗又一首前后俱叶，清真则惟前叶，盖词例当以上阕定体耳。

■ 批

[1] "州"，一作"川"。

[2] 《梦窗词》此句五字亦协韵，与上阕同。

[3] 结句"入"字，吴词用平声，然则美成①入作平，音谱固有是格也。稿本

瑞鹤仙

悄郊原带郭。行路永，客去车尘漠漠。斜阳映山落。敛余红、

---

① 稿本"入"字前有"以"字。

犹恋孤城阑角。凌波步弱。过短亭、何用素约。有流莺劝我,重解绣鞍,缓引春酌。　　不记归时早暮,上马谁扶,醒眠朱阁。惊飙动幕。扶残醉,绕红药。叹西园、已是花深无地,东风何事又恶。任流光过郤〔一〕。犹喜洞天自乐。

■ 校

〔一〕过郤:"郤"同"隙",非韵。《草堂》本并作"却",以形近讹。

又[1]

暖烟笼细柳。弄万缕千丝,年年春色。晴风荡无际,浓于酒、偏醉情人词客。阑干倚处,度花香、微散酒力。对重门半掩,黄昏淡月,院宇深寂。　　愁极。因思前事,洞房佳宴,正值寒食。寻芳遍赏,金谷里,铜驼〔一〕陌。到而今、鱼雁沉沉信息〔二〕。天涯常是泪滴。早归来,云馆深处,那人正忆。

■ 校

〔一〕铜驼:"驼",汲古作"陀",误。

〔二〕信息:汲古本作"无信息"。按上言"沉沉"即"无"字意,是句固上三下六字例,两阕并同。

■ 批

[1] 此与前阕叶韵有异处。

浪淘沙慢[1]

晓阴⁽一⁾重，霜凋岸草，雾隐城堞。南陌脂车待发。东门帐饮乍阕。正拂面、垂杨堪揽结⁽二⁾。掩红泪、玉手亲折。念汉浦离鸿去何许，经时信音绝。　　情切。望中地远天阔。向露冷风清，无人处、耿耿寒漏咽。嗟万事难忘，唯是轻别。翠尊未竭。凭断云留取，西楼残月。罗带光销纹衾[2]叠。连环解、旧香顿歇。怨歌永、琼壶敲尽缺。恨春去、不与人期，弄夜色[3]，空余满地梨花雪。

■ 校

〔一〕晓阴："晓"，《草堂》本并作"昼"。
〔二〕揽结："揽"，元本讹作"缆"。

■ 批

[1] 调下当有"慢"字，以与今别。（元本无"慢"字）
此与柳词音节有异，校梦窗《赋李尚书山园》一阕，音调悉合。①

---

① 两句眉批之上，有一"雾"字，旁加圈。

[2] 戈选改"衾"作"衿",非是。

[3] "色"字韵,吴词同例。

又

万叶战,秋声露结,雁度砂碛。细草和烟尚绿,遥山向晚更碧。见隐隐、云边新月白。映落照、帘幕千家,听数声何处倚楼笛。装点尽秋色。　　脉脉。旅情暗自消释。念珠玉、临水犹悲感,何况天涯客。忆少年歌酒,当时踪迹。岁华易老,衣带宽、懊恼心肠终窄。飞散后、风流人阻,蓝桥约、怅恨路隔。马蹄过、犹嘶旧巷陌。叹往事、一一堪伤,旷望极。凝思又把阑干拍。

西平乐

元丰初,予以布衣西上,过天长道中。后四十余年,辛丑正月二十六日,避贼复游故地。感叹岁月,偶成此词。[1]

稚柳苏晴,故溪渴雨〔一〕,川迥[2]未觉春赊。驼褐寒侵,正怜初日,轻阴抵死须遮。叹事逐孤鸿去尽[二],身与塘蒲共晚,争知向此征途[三],伫立尘沙。追念朱颜翠发,曾到处、故地使人嗟。　　道连三楚,天低四野[3],乔木依前,临路敧斜。重慕想、东陵晦迹,彭泽归来[4],左右琴书自乐,松菊相依,何况风流鬓未华。多谢故人,亲驰郑驿[5],时倒融尊,劝此淹留,共过芳时,翻令倦客思家。

■ 校

〔一〕渴雨:"渴",元本作"歇"。

〔二〕去尽[6]:元本作"尽去"。按梦窗此二句用夹叶例,此"尽"字与下句"晚"字亦叶。过片"楚""野"二字亦古音相谐。吴词"市""水"固为韵也。

〔三〕征途:汲古"途"下有"区区"二字,元本"区区"作"迢递"。按梦窗此调第三韵作"当时燕子,无言对立斜晖",二句共十字,是知"区区""迢递"并为衍文。

■ 批

[1] 考神宗元年戊午讫徽宗宁和三年辛丑,正四十四年,时金狄作乱,中外骚然。强叙言美成以元祐癸酉春中为溧水邑长,在哲宗八年。《宋史》称其元丰中献《汴都赋》,召为太乐正,徽宗朝仕至徽猷阁待制,出知顺昌府,徙处州卒。按徽宗始建中靖国元年辛巳,终宁和七年乙巳。是美成是作在守顺昌时不远矣,盖其晚年之作也。

[2] "迥"字当是"回"字之讹,按当作"回"。

[3]"野"与"斜"亦叶,梦窗词并同。

[4]"东陵""彭泽"之语盖慨时艰,有归田之志。

[5]杜甫诗"郑驿正留宾",温飞卿"郑驿多留思",《汉书》:"郑庄常置驿马长安诸郊,请谢宾客。"

此调下阕住字"迹""乐""驿"并宜用入声。

考《梦窗甲稿》《水龙吟·癸卯元夕》一首,"远"字韵与"昼"叶,又"紧""宾"等韵并与"短""怨"合押,可征词韵本通用也。

[6]陈伯弢疑此调第七句"尽去"为"尽远",而以为"去"字为"远"字首之脱误,非是。

清真《瑞龙吟》有"事与孤鸿去"之句,亦足征也。

玉烛新　早梅

溪源[1]新腊后。见数朵江梅,剪裁初就。晕酥砌玉芳英嫩、故把春心轻漏。前村昨夜,想弄月、黄昏时候。孤岸峭,疏影横斜,浓香暗沾襟袖。　　尊前赋与多才,问岭外风光,故人知否。寿阳漫斗。终不似,照水一枝清瘦。风娇雨秀。好乱插、繁花(一)盈首。须信道,羌管无情,看看又奏。

■ 校

〔一〕繁花:"花",汲古作"华"。从元本。

■ 批

[1]"源"当作"原"。

南乡子

晨色动妆楼。短烛荧荧悄未收。自在开帘风不定,飕飕〔一〕。池面冰澌趁水流。　早起怯梳头。欲绾云鬟又却休。不会沉吟思底事,凝眸。两点春山满镜愁。

■ 校

〔一〕飕飕:元本作"飕飕"。

又

秋气绕城闉。暮角寒鸦未掩门。记得佳人冲雨别,吟分。别绪多于雨后云。　　小棹碧溪津。恰似江南第一春。应是采莲闲伴侣，相寻。收取莲心与旧人。

又

寒夜梦初醒。行尽江南万里程。早是愁来无会处，时听。败叶相传细雨声。　　书信也无凭。万事由他别后情。谁信归来须及早，长亭。短帽轻衫走马迎。

又

户外井桐飘。淡月疏星共寂寥。恐怕霜寒初索被，中宵。已觉秋声引雁高。　　罗带束纤腰。自剪灯花试彩毫。收起一封江北信，明朝。为问江头早晚潮。

又

　　轻软舞时腰。初学吹笙苦未调。谁遣有情知事早,相撩。暗举罗巾远见招。　　痴骙一团娇。自折长条拨燕巢。不道有人潜看著,从教。掉下鬈心与凤翘。

望江南

　　歌席上[1],无赖是横波。宝髻玲珑敧玉燕,绣巾柔腻掩香罗。人好自宜多〔一〕。　　无个事,因甚敛双蛾。浅淡梳妆疑见画,惺忪〔二〕言语胜闻歌[2]。何况会婆娑。

■ 校

　〔一〕"人好"句:《浩然斋雅谈》引此词"多"字韵在下阕,作"好处是情多",与此互易。

　〔二〕惺忪:"忪",汲古作"松",元本同。

■ 批

[1] 此张"席上"① 所指为亲王席上赠舞鬟之作。稿本

[2] 二句情妙,恰是吴姬出色当行,好句不厌百回读也。

又[1] 春游

游妓散,独自绕回堤。芳草怀烟迷水曲,密云衔雨暗城西。九陌未沾泥。　桃李下,春晚自成蹊〔一〕。墙外见花寻路转,柳阴行马过莺啼。无处不凄凄。

■ 校

〔一〕自成蹊:"自",元本作"未"。

■ 批

[1] 按此《望江南》调共五句,此分作上下阕,如一解,盖作者原是二首,为写官乱之。

---

① 稿本"席上"作"果所"。

浣溪纱[1]

不为萧娘旧约寒。何因容易别长安。预愁衣上粉痕干。幽阁深沉灯焰喜,小炉邻近酒杯宽。为君门外脱归鞍。

■ 批

[1] 共十首,非一时作。稿本

又

翠葆参差竹径成。新荷跳雨碎珠〔一〕倾。曲阑斜转小池亭。风约帘衣归燕急,水摇扇影〔二〕戏鱼惊。柳梢残日弄微晴。

■ 校

〔一〕碎珠:"碎",元本作"泪"。

〔二〕扇影:"扇",《雅词》作"花"。

又

宝扇轻圆浅画缯。象床平稳细穿藤。飞蝇不到避壶冰。
翠枕面凉偏益〔一〕睡,玉箫手汗错成声。日长无力要人凭。

■ 校

〔一〕偏益:元本作"频忆"。

又

薄薄纱橱望似空。簟纹如水浸芙蓉。起来娇眼未惺忪〔一〕。
强整罗衣抬皓腕,更将纨扇掩酥胸。羞郎何事面微红。

■ 校

〔一〕惺忪:"忪",汲古作"憁",元本同。

又

争挽桐花两鬓垂。小妆弄影照清池。出帘〔一〕踏袜趁蜂儿。跳脱添金双腕重,琵琶破拨〔二〕四弦悲。夜寒谁肯剪春衣。

■ 校

〔一〕出帘:"出",汲古作"珠"。从元本。

〔二〕破拨:元本作"拨尽"。

又

雨过残红湿未飞。疏篱一带〔一〕透斜晖。游蜂酿蜜窃香归。金屋无人风竹乱,夜箪尽日水沉微。一春须有忆人时。

■ 校

〔一〕疏篱一带:元本作"珠帘一桁"。

又

日薄尘飞官路平。眼明喜见汴河倾。地遥人倦莫兼程。
下马先寻题壁字,出门闲记榜村名。早收灯火梦倾城。

又

贪向津亭拥去车。不辞泥雨溅罗襦。泪多脂粉了无馀。
酒酽未须令客醉,路长终是少人扶。早教幽梦到华胥。

又

楼上晴天碧四垂。楼前芳草接天涯。劝君莫上最高梯。
新笋看成〔一〕堂下竹,落花都上〔二〕燕巢泥。忍听林表杜鹃啼。

■ 校

〔一〕看成：元本"看"作"已"。

〔二〕都上："上"，毛刻《草堂》作"入"。

又

日射攲红腊蒂香。风干微汗粉襟凉。碧绡对卷[一]簟纹光。自剪柳枝明画阁，戏抛莲菂种横塘。长亭无事好思量。

■ 校

〔一〕碧绡对卷：元本、陈刻《草堂》并作"碧纱对掩"。

浣溪纱慢[一][1]

水竹旧院落，樱笋新蔬果。嫩英翠幄，红杏交榴火。心事暗卜，叶底寻双朵。深夜归青锁。灯尽酒醒时，晓窗明、钗横鬓亸。怎生那。被间阻时多。奈愁肠数叠，幽恨万端，好梦还惊破。可怪近来，传语也无个。莫是瞋人呵。真个若瞋人，却因何、逢人问我。[2]

■ 校

〔一〕《苕溪渔隐》引此词云:"'水竹旧院落'下句,旧本作'莺引新雏过'。若'樱笋'句,与上有何干涉。"其所称旧本未详所据,但词例有对起,上下句义自能融会,附记以存异证。

■ 批

[1] 此解无他可证。
南唐后主有侧调一曲,此曼声所从出也。"过"与"那"字是韵。
[2] 触景生情,直写胸臆,北宋风格,惟柳三变有此白描手段。

点绛唇

孤馆迢迢,暮天草露沾衣润。夜来秋近〔一〕。月晕通风信。今日原头〔二〕,黄叶飞成阵。知人闷。故来相趁。共结临歧〔三〕恨。

■ 校

〔一〕秋近:《雅词》"近"作"尽"。
〔二〕原头:"原",汲古讹作"源"。从元本。
〔三〕临歧:《雅词》"临"作"分"。

又

辽鹤归来⁽一⁾,故乡多少伤心地[1]。寸书不寄。鱼浪空千里。凭仗桃根,说与相思⁽二⁾意。愁无际。旧时衣袂。犹有东风泪。

■ 校

〔一〕归来:《雅词》"归"作"重"。

〔二〕相思:元本作"凄凉"。

■ 批

[1] 戈选改"地"作"事",缪甚。稿本

又

征骑初停,酒行欲散⁽一⁾离歌举。柳汀莲浦。看尽江南路。苦恨斜阳,冉冉催人去。空回顾。淡烟横素。不见扬鞭处。

■ 校

〔一〕酒行欲散：汲古作"酒行莫放"。原注："《清真集》作'画筵欲散离歌举'。"《雅词》亦作"欲散"，今据改订。

又

台上披襟，快风一瞬收残雨。柳丝轻举。蛛网黏飞絮。
极目平芜，应是春归处。愁凝伫。楚歌声苦。村落黄昏鼓。

夜游宫

客去车尘未敛。古帘暗、雨苔千点。月皎风清在处见。奈今宵，照初弦〔一〕，吹一箭[1]。　池曲河声转。念归计，眼迷魂乱。明日前村更荒远。且开尊，任红鳞，生酒面。

■ 校

〔一〕初弦："弦"，汲古讹作"絃"。从元本。

■ 批

[1]"初弦""一箭"切月、风。

又　秋暮晚景

叶下斜阳照水。卷轻浪、沉沉千里。桥上酸风射眸子。立多时，看黄昏，灯火市。　古屋寒窗底。听几片、井桐飞坠。不恋单衾再三起。有谁知，为萧娘，书一纸。

又

一阵斜风横雨。薄衣润、新添金缕。不谢铅华更清素。倚筠窗，弄么弦，娇欲语。　小阁横香雾。正年少、小娥[1]愁绪。莫是栽花被花妒。甚春来，病恹恹，无会处。

■ 批

[1]"小"字与上句复，虽宋词中不避复字，而此"小娥"之"小"字，又与年少意复，疑有讹误。

诉衷情 残杏

　　出林杏子落金盘。齿软怕尝酸。可惜半残青紫^{(一)[1]}，犹印小唇丹。　　南陌上，落花闲。雨斑斑。不言不语，一段伤春，都在眉间。

■ 校

〔一〕青紫："紫"，汲古作"子"[2]，误。从元本。

■ 批

[1] 以"青紫"衬出下句"唇丹"，词义深美，若^①作"青子"，便笨伯所为耳。稿本

[2] 此首句有"杏子"，此不烦重出。

又

　　堤前亭午未融霜。风紧雁无行。重寻旧日歧路，苴帽北游装。期信杳，别离长。远情伤。风翻酒幔，寒凝茶烟，又是何乡。

---

① 若，括庵漏抄，据稿本补。

又

当时选舞万人长。玉带小排方。喧传京国声价,年少最无量。花阁迥,酒筵香。想难忘。而今何事,佯向人前,不认周郎。

一落索

眉共春山争秀。可怜长皱。莫将清泪湿花枝,恐花也、如人瘦。　清润玉箫闲久。知音稀有。欲知日日倚阑愁,但问取、亭前柳。

又

杜宇催归[一]声苦。和春归去[二]。倚阑一霎酒旗风,任扑面、桃花雨。　目断陇云江树。难逢尺素。落霞隐隐日平西,料想是、分携处。

■ 校

〔一〕催归：元本"催"作"思"。

〔二〕归去：元本"归去"作"催去"。

迎春乐

清池小圃开云屋。结春伴、往来熟。忆年时、纵酒杯行速。看月上、归禽宿。　墙里修篁森似束。记名字、曾刊新绿。见说别来长，沿翠藓〔一〕、封寒玉。

■ 校

〔一〕沿翠藓："沿"，汲古作"冷"。从元本。

又

桃溪柳曲闲踪迹。俱曾是、大堤客。解春衣、贳酒城南陌。

频醉卧、胡姬侧。　　鬓点吴霜嗟早白。更谁念、玉溪消息。他日水云身,相望处、无南北。

又　携妓

人人艳色〔一〕明春柳。忆筵上、偷携手。趁歌停舞歇〔二〕来相就。醒醒个、无些酒。　　比目香囊新刺绣。连隔座、一时薰透。为甚月中归,长是他、随车后。

■ 校

〔一〕艳色:元本"艳色"作"花艳"。

〔二〕舞歇:元本"歇"作"罢"。

虞美人

灯前欲去仍留恋。肠断朱扉远。不须〔一〕红雨洗香腮。待得蔷薇花谢、便归来。　　舞腰歌板闲时按。一任傍人看。金炉应见旧残煤。莫遣〔二〕恩情容易、似寒灰。

■ 校

〔一〕不须：元本"不"作"未"。

〔二〕莫遣：元本"遣"作"使"。

又

廉纤小雨池塘遍。细点看萍面^(一)。一双燕子守朱门。比似^(二)寻常时候、易黄昏。　宜城酒泛浮春絮^(三)。细作更阑语。相看羁思乱如云。又是一窗灯影、两愁人。

■ 校

〔一〕看萍面：汲古"看"作"破"。从元本。

〔二〕比似：汲古"比"作"此"。从元本。

〔三〕春絮："春"，元本作"香"。

又

疏篱曲径田家小。云树开秋晓^(一)。天寒山色有无中。野外一声钟起、送孤蓬。　　添衣策马寻亭堠。愁抱惟宜酒。菰蒲睡鸭占陂塘。纵被〔二〕行人惊散、又成双〔三〕。

■ 校

〔一〕秋晓："秋"，元本作"清"。
〔二〕纵被：《雅词》"纵"作"疑"。
〔三〕又成双：《雅词》"又"作"不"。

又

淡云笼月松溪路。长记分携处。梦魂连夜绕松溪。此夜相逢恰似、梦中时。　　海山陟觉风光好。莫惜金尊倒。柳花吹雪燕飞忙。生怕扁舟归去、断人肠。

又

玉觞才掩朱弦悄。弹指壶天晓。回头犹认倚墙花。只向小桥南畔、便天涯。　　银蟾依旧当窗满。顾影魂先断。凄风休飐半残灯。拟倩今宵归梦、到云屏。

■ 批

此明钞元巾箱本孙藏陈注本,盖即仪征阮氏旧书也。胥,钞胥也。

《绝妙好词》李演字广翁,号秋堂,有《盟鸥集》。①

又

金闺平帖春云暖。昼漏花前短。玉颜酒解艳红消。一向捧心啼困、不成娇。　别来新翠迷行径。窗锁玲珑影。砑绫小字夜来封。斜倚曲阑凝睇、数归鸿。

醉桃源

冬衣初染远山青。双丝云雁绫。夜寒袖湿欲成冰。都缘珠泪

---

① 王鹏运《四印斋所刻词》本,此首为卷下末篇,篇后有"隆庆庚午用复所司李藏元人巾箱本,命胥鲁颂照录讫,盟鸥园主人记"一句。

零。　　情黯黯，闷腾腾。身如秋后蝇。若教随马逐郎行。不辞多少程。

又

菖蒲叶老水平沙。临流苏小家。画阑曲径宛秋蛇。金英垂露华。烧密炬，引莲娃。酒香醺脸霞。再来重约日西斜。倚门听暮鸦。

凤来朝　佳人

逗晓看娇面。小窗深、弄明未遍〔一〕。爱残妆〔二〕宿粉云鬟乱。最好是、帐中见。　　说梦双蛾微敛。锦衾温、兽香〔三〕未断。待起又如何拚〔四〕。任日炙、画楼〔五〕暖。

■ 校

〔一〕未遍：汲古作"未辨"，以音讹。从元本。陈允平和词亦作"遍"。

〔二〕残妆："妆"，元本作"朱"。

〔三〕兽香："兽",元本作"酒"。

〔四〕"待起"句：元本、毛本并作"待起难舍拚"。按谱是句并作六字,陈和句法正同。汲古原注云："《清真集》作'待起又如何拚'。"今从之。

〔五〕画楼："楼",元本作"栏"。

垂丝钓〔一〕

缕金翠羽。妆成才见眉妩。倦倚玉奁〔二〕,看舞风絮。愁几许。寄风丝雁柱。春将暮。向层城宛路〔三〕[1]。　钿车如水〔四〕,时时花径相遇。旧游伴侣。还到曾来处。门掩风和雨。梁燕语。问那人在否。

■ 校

〔一〕按是调元本以"柱"字韵为上结,汲古于"钿车"句分段,正与梦窗词合。《词萃》同。今从之。

〔二〕玉奁：元本作"绣帘"。

〔三〕宛路：元本"宛"讹作"苑"。

〔四〕如水：元本"如"作"似"。

■ 批

［1］言路之宛转也。

粉蝶儿慢

　　宿雾藏春，余寒带雨，占得群芳开晚。艳口初弄秀，倚东风娇懒。隔叶黄鹂传好音，唤入深丛中探。数枝新，比昨朝、又早红稀香浅。　　眷恋。重来倚槛。当韶华、未可轻辜双眼。赏心随分，乐有清尊檀板。每岁嬉游能几日，莫使一声歌欠。忍因循、片花飞、又成春减。

红窗迥

　　几日来、真个醉。不知道、窗外乱红，已深半指[1]。花影被风摇碎〔一〕。拥春酲乍起。　　有个人人，生得济[2]楚，来向耳畔，问道今朝醒未。情性儿、慢腾腾地。恼得人又醉。

■ 校

〔一〕汲古以"摇碎"句为上结。按《词律》云:"当于'乍起'分段。"从之。

■ 批

[1] 今汴梁人语犹谓深浅一指半指,布指知寸之意也。

[2] "济",四印斋本作"齐"。

念奴娇

醉魂乍醒[1],听一声啼鸟,幽斋岑寂。淡日朦胧初破晓,满眼娇情天色。最惜香梅,凌寒偷绽,漏泄春消息。池塘芳草,又还淑景[2]催逼。　　因念旧日芳菲,桃花永巷,恰似初相识。荏苒时光,因惯却、觅雨寻云踪迹。奈有离拆[3],瑶台月下,回首频思忆。重愁叠恨,万般都在胸臆。

■ 批

[1] "乍"叶平。

[2] "淑"叶平。

[3] "离拆"二字,柳词恒见,按当读"拆"作平声,如"猜"音,楚皆切,北人语音如是,取其便于歌口耳。

今汴梁人读"拆"犹作平,盖所谓中州音韵耳。

黄鹂绕碧树

双阙笼佳气,寒威日晚,岁华将暮。小院闲庭,对寒梅照雪,淡烟凝素。忍当迅景,动无限、伤春情绪。犹赖是、上苑风光渐好,芳容将煦。　草荚兰芽渐吐。且寻芳、更休思虑。这浮世、甚驱驰利禄,奔竞尘土。纵有魏珠照乘,未买得流年住。争如盛饮流霞〔一〕,醉偎琼树。

■ 校

〔一〕盛饮流霞:汲古作"剩引榴花",四字并以音近讹,注云:"《清真集》作'盛饮流霞'。"元本正同,从之。

鬓云松令 送傅国华奉使三韩[1]

鬓云松,眉叶聚。一阕离歌,不为行人驻。檀板停时君看取,数尺鲛绡,半是梨花雨。　鹭飞遥,天尺五。凤阁鸾坡,看即[2]

飞腾去。今夜长亭临别处，断梗飞云，尽是伤情绪。

■ 批

[1] 此宜删。①

[2]《荔枝香近》"看即是"，此亦作"看即"，盖当时语助词，《小山词》中亦恒见。

芳草渡

昨夜里，又再宿桃源，醉邀仙侣。听碧窗风快，疏帘半卷愁雨。多少离恨苦。方留连啼诉。凤帐晓，又是匆匆，独自归去。

愁顾。满怀泪粉，瘦马冲泥寻去路。漫回首、烟迷望眼，依稀见朱户。似痴似醉，暗恼损、凭阑情绪。澹暮色，看尽栖鸦乱舞。

归去难　期约(一)

佳约人未知，背地伊先变。恶会称停事，看深浅。如今信我，

---

① 详见第66页《水调歌头》批 [1]。

委的论长远。好彩无可怨。自合⁽二⁾教伊，推些⁽三⁾事后分散。密意都休，待说先肠断。此恨除非是，天相念。坚心更守，未死终须见。多少闲磨难。到得其时，知他做甚头眼。

■ 校

〔一〕按此与《满路花》同调而异名。
〔二〕自合：元本"自"作"洎"。
〔三〕推些：元本"推"作"因"。

燕归梁

帘底新霜一夜浓。短烛散飞虫。曾经洛浦见惊鸿。关山隔、梦魂通。　明星晃晃，津回路转，榆影步花骢。欲攀云驾倩西风。吹清血、寄玲珑。

南浦

浅带一帆风，向晚来、扁舟稳下南浦。迢递阻潇湘，衡皋迥，斜舣蕙兰汀渚。危樯影里，断云点点遥天暮。菡萏里〔一〕风，偷送清香，时微微度[1]。　　吾家旧有簪缨，甚顿作天涯，经岁羁旅。羌管怎知情，烟波上，黄昏万斛愁绪。无言对月，皓彩千里人何处。恨无凤翼身，只待而今，飞将归去。

■ 校

〔一〕菡萏里：按谱此句疑有脱误。

■ 批

[1]"时微微度"，四印斋本作"时时微度"。

醉落魄

葺金细弱。秋风嫩、桂花初著。蕊珠宫里人难学。花染娇黄，羞映翠云幄。　　清香不与兰荪约。一枝云鬓巧梳掠。夜凉轻撼蔷薇萼。香满衣襟，月在凤凰阁。

留客住

嗟乌兔。正茫茫、相催无定,只恁东生西没,平均〔一〕寒暑。乍见〔二〕[1]花红柳绿,处处林茂〔三〕[2]。又睹霜前篱畔,菊散馀香,看看又还秋暮。　　忍思虑。念古往贤愚,终归何处。争似高堂,日夜笙歌齐举。选甚连宵彻昼,再三留住。待拟沉醉扶上马,怎生向、主人未肯教去〔四〕。

■ 校

〔一〕平均:"平",汲古本作"半"。《词萃》作"平"是。

〔二〕乍见:汲古本作"昨",今据《词谱》改正。

〔三〕林茂:按是调上下阕自第三句以下字律并同,柳词虽句法微变,而前后亦自吻合。"茂"字断句为韵,音"暮",《韵补》"莫故切",《易林》"枝叶盛茂",与下句"召伯避暑"为韵。白居易《樱桃诗》亦以"茂"与"露"协,可证。

〔四〕教去[3]:"教",汲古作"交",盖当时俗写通用。

■ 批

[1]"乍见"句,言秋色已残,尚见花柳茂林,本春景,今似之,故云"又睹",方音缘字亦然。

[2]万氏疑"茂"叶"没",作上声,愚谓此以意揣,不合音

律，考其语意，讫"暑"字韵始显，"茂"字处非句，是"睹"字韵亦分明。若以"茂"字为句逗，则此句既促，下数语直不达意已，以"又睹"起，与"看看又"字而犯重，且了无意味，是知"没""绿""茂"三字并非叶韵，亦非夹叶之例，信有征也。红友失于句逗，又不深察词意起讫，故致疏安定律。国初学者治经史百家，犹未脱尽明季习气，以评为上，注典故次之，释义又次之，每贻虚造之弊，洎乾嘉时，考据乃求精焉。按《留客住》一解，柳氏《乐章集》中有之，但第六、七、八三句句法小异，而上、下阕自第三句以下，字律皆同，是"茂"字确是协韵无疑。宣统辛亥四月重校定。

[3]《花间集》淳熙本凡"教"字并作"交"。

长相思慢

夜色澄明。天街如水，风力微冷帘旌。幽期再偶，坐久相看才喜，欲叹还惊[1]。醉眼重醒。映雕阑修竹，共数流萤。细语轻轻(一)。尽银台、挂蜡潜听。　　自初识伊来，便惜妖娆艳质，美盼柔情。桃溪换世，鸾驭凌空，有愿须成。游丝荡絮(二)，任轻狂、相逐牵萦。但连环不解(三)，难负深盟。

■ 校

〔一〕轻轻：《词萃》作"轻盈"，非。

〔二〕荡絮：《词萃》作"荡漾"，并非。

〔三〕不解：汲古原注："时刻下有'流水长东'四字，误。"① 按柳词是调煞拍，亦作十三字。"时刻"盖出旧本，宜据以补正。

■ 批

[1]"惊"字韵六字，可云"字外出力中藏棱"，有一波三折之妙，切情处用如许魄力，字字精采，却写得天然神妙，但无上句，亦不能恰到好处。

看花回　咏眼[1]

秀色芳容明眸，就中奇绝。细看艳波欲溜，最可惜、微重红绡〔一〕轻帖。匀朱傅粉，几为严妆时涴睫。因个甚、抵死〔二〕嗔人，半晌斜盼费熨贴〔三〕。　　斗帐里、浓欢意惬。带困时、似开微合。曾倚高楼望远，自笑指频瞤〔四〕，知他谁说。那日分飞，泪雨纵横光映颊。揾香罗，恐揉损，与他衫袖裛。

---

① 汲古阁刻本作"时刻'但连环不解'下有'流水长东'四字，误"。

■ 校

〔一〕红绡:"绡",汲古讹作"销"。

〔二〕抵死:"抵"讹作"底"。

〔三〕熨贴:作"贴燨"。是"燨"与"熨"以形近讹,又二字误倒[2]。

〔四〕瞷:《广韵》"如匀切",《韵会》"音犉",《说文》训"目动也"。《西京杂记》陆贾曰:"目瞷得酒食",盖古时眼占之一格。

■ 批

[1] 此词似专咏"美目盼兮",故先点出明眸,直到收句,仍属一意流转,与龙洲咏眼有别。

[2] 此并沿毛误,《西泠词萃》亦失之不校,毛刻既非景宋,当订正讹舛,以示详情,盖刻者每苦校刊,故显误处亦多不思,斯为通病。

又

蕙风初散轻暖,雾景澄洁。秀蕊乍开乍敛,带雨态烟痕,春思纡结。危弦弄响,来去惊人莺语滑。无赖处,丽日楼台,乱丝歧路总奇绝。 何计解、黏花系月。叹冷落、顿辜佳节。犹有当时气味，挂一缕相思，不断如发。云飞帝国，人在天边心暗折。语东风，共流转，漫作匆匆别。

月下笛[1]

小雨收尘，凉蟾莹彻，水光浮璧。谁知怨抑。静倚官桥吹笛。映宫墙、风叶乱飞，品高调侧人未识。想开元旧谱，柯亭遗韵，尽传胸臆。　阑干四绕，听折柳徘徊，数声终拍。寒灯陋馆，最感平阳孤客。夜沉沉、雁啼正哀，片云尽卷清漏滴。黯凝魂，但觉龙吟万壑天籁息。

■ 批

[1] 戈选以"额"字起韵，云此调实《锁窗寒》换头，与煞句微异耳。

清真词补遗

十六字令　咏月[一]

眠。月影穿窗白玉钱。无人弄,移过枕函边。

■ 校

〔一〕《词律》云:"此系周晴川作,'明'字乃'眠'字之误,本一字起调。"《古今词话》谓:"为钞者误连下为句耳。"

浣溪纱

水涨鱼天拍柳桥。云鸠拖雨过江皋。一番春信入东郊。
闲碾凤团消短梦,静看燕子垒新巢。又移日影上花梢。

又〔一〕

小院闲窗春色深。重帘未卷影沉沉。倚楼无语理瑶琴。远岫出云催薄暮,细风吹雨弄轻阴。梨花欲谢恐难禁。

■ 校

〔一〕汲古原注云:"或刻欧阳永叔。"按此又见《漱玉词》。

忆秦娥〔一〕

香馥馥。尊前有个人如玉。人如玉。翠翘金凤,内家妆束。娇羞爱把眉儿蹙。逢人只唱相思曲。相思曲。一声声是,怨红愁绿。

■ 校

〔一〕汲古原注云:"或刻苏子瞻。"

柳梢青〔一〕

　　有个人人。海棠标韵，飞燕轻盈。酒晕潮红，羞娥凝绿，一笑生春。　　为伊无限伤心，更说甚、巫山楚云。斗帐香消，纱窗月冷，著意温存。

■ 校

〔一〕汲古注："见《草堂诗余》。"

南乡子 秋怀〔一〕

　　夜阔梦难收。宋玉多情我结俦。千点漏声万点泪，悠悠。霜月鸡声几段愁。　　难展皱眉头。怨句哀吟送客秋。蟋蟀床头调夜曲，啾啾。又听惊人雁过楼。

■ 校

〔一〕汲古注："见《词林万选》。"

苏幕遮 [一]

陇云沉,新月小。杨柳梢头,能有春多少。试著罗裳寒尚峭。帘卷青楼,占得东风早。　翠屏深,香篆袅。流水落花,不管刘郎到。三叠阳关声渐杳。断雨残云,只怕巫山晓。

■ 校

〔一〕汲古注:"见《草堂诗余》。"

昼锦堂　闺情 [一]

雨洗桃花,风飘柳絮,日日飞满雕檐。懊恼一春幽恨,尽属眉尖。愁闻双飞新燕语,更堪孤枕宿醒忔 [二]。云鬟乱,独步画堂,轻风暗触珠帘。　多厌。晴昼永,琼户悄,香销金兽慵添。自与萧郎别后,事事俱嫌。短歌 [三] 新曲无心理,凤箫龙管不曾拈。空惆怅,常是每年三月,病酒恹恹。

■ 校

〔一〕汲古注："见《草堂诗余》。"

〔二〕宿醒忺：汲古作"宿醒欢"，误。从《草堂》改。

〔三〕短歌：《草堂》本作"断歌"。

齐天乐　端午〔一〕

疏疏几点黄梅雨，佳时又逢重午。角黍包金，香蒲泛玉，风物依然荆楚。形裁〔二〕艾虎。更钗袅朱符，臂缠红缕。扑粉香绵，唤风绫扇小窗午。　　沉湘人去已远，劝君休对景，感时怀古。慢啭莺喉，轻敲象板，胜读《离骚》章句。荷香暗度。渐引入醺醺，醉乡深处。卧听江头，画船喧叠鼓〔三〕。

■ 校

〔一〕《草堂》本未著何人作。《图谱》作周美成。

〔二〕形裁："形"，《草堂》作"衫"，讹。

〔三〕叠鼓：汲古作"韵鼓"。

女冠子　雪景〔一〕

　　同云密布。撒梨花、柳絮飞舞。楼台悄似玉,向红炉暖阁,院宇深沉,广排筵会。听笙歌犹未彻,渐觉轻寒,透帘穿户。乱飘僧舍,密洒歌楼,酒帘如故。　　想樵人、山径迷踪路,料渔父、收纶罢钓归南浦。路无伴侣,见孤村寂寞,招飐酒旗斜处。南轩孤雁过,呖呖声声,又无书度。见腊梅枝上嫩蕊,两两三三微吐。

■校

〔一〕汲古注:"或刻柳耆卿。"

毛晋汲古阁本《片玉词》跋

美成于徽宗时提举大晟乐府,故其词盛传于世。余家藏凡三本,一名《清真集》,一名《美成长短句》,皆不满百阕。最后得宋刻《片玉集》二卷,计调百八十有奇,晋阳强焕为叙。余见评注庞杂,一一削去,厘其讹谬,间有兹集不载错见清真诸本者,附补遗一卷,美成庶无遗憾云。若乃诸名家之甲乙,久著人间,无待予备述也。

湖南毛晋识

王鹏运《四印斋所刻词》本《清真集》跋 ①

　　右影元巾箱本《清真集》二卷,附《集外词》一卷。按美成词传世者以汲古毛氏《片玉词》为最著,近仁和丁氏《西泠词萃》所刻即汲古本。此本二卷百二十七阕,为余家所藏,末有盟鸥主人志语,盖明钞元本也,编次体例与《片玉词》迥别,而调名、字句亦多不同。陈振孙《书录解题》云"《清真集》二卷后集一卷"。又毛晋《片玉词》跋:美成词一名《清真集》,一名《美成长短句》,皆不满百阕。与此均不合。久欲刊行,以旧钞剥蚀过甚,无本可校而止。去年从孙驾航京兆又假得元刻庐陵陈元龙《片玉词》注本,编次体例与抄本正同,特分卷与题号异耳。爰据陈注[1]校订,依式影写,付诸手民。其集中所无而见于毛刻者共五十四阕,为集外词一卷附后。毛本强叙、陈注[2]刘叙,钞本不载,今皆补入。美成集又名《片玉词》,据序即刘必钦改题也。

　　　　　　　　光绪丙申春三月十有三日临桂王鹏运鹜翁记[3]

---

① 此非郑文焯校本《清真集》所有,乃括庵过录者,因有郑批,故酌录全文于此。

- 批

[1] 陈注下当有"本"字,便尔分明。

[2] 此语亦然。

[3] 明隆庆钞本为复所司李氏照录元巾箱本,所谓盟鸥园旧钞元刻清真二卷者,半塘老人既景写付刊,据元人陈少章详注改题之《片玉词》为之校订,附以毛刻所有,为集外词一卷,是为四印斋景刻明钞元巾箱本,其校订字句惜未附刊一记耳。

清真词校后录要　北海郑文焯叔问父

一、"清真"为美成自号以名其集者也,见于《宋史·艺文志》,集十一卷,盖合其集之全者而言,或诗馀即附载其中。自陈振孙《书录解题》有《清真集》二卷《后集》一卷,始专以《清真集》之名属其词,其篇目不可复考。虞山毛子晋所云:"家藏三本,一名《清真集》,未详卷数。"又云:"最后得宋刻《片玉集》二卷,计调百八十有奇,晋阳强焕为叙。"《直斋书录》所记,卷首亦有强叙,未知汲古传本与陈录合否?至所称篇数,则与强叙所言"仅得百八十有二章"相类,但增其二及补遗十首耳。顾"片玉"之名,始见于元刻庐陵刘肃之叙、漳江陈元龙《详注》之本,其叙云:"犹获昆山之片珍,琢其质而彰其文,因命之曰《片玉集》。"是清真词实自陈刻始改题号,宋时刊本断无"片玉"之名可证。如方千里、杨泽民、陈君衡三家和作及见诸梦窗、玉田词叙者,并称"清真"。强叙前亦止云"题周美成词"。诸子皆南宋时人,可知"片玉"为后起之号,信而有征也。且说部中如胡仔《苕溪渔隐丛话》、王灼《碧鸡漫志》、庞元英《谈薮》、陈藏一《话腴》、毛开《樵隐笔录》及《挥麈录》《浩然斋雅谈》《词源》诸书所称引,洎杨守斋之《圈法》、曹季中之《笺注》,于其词并云"清真",更未闻以"片玉"称也。毛刻乃据多本而羼乱其名，戈氏顺卿未见元本，辄称"片玉"为强焕所辑，搜罗最富，其疏妄已甚。后之袭谬沿讹者，昧厥渊源，无复正名之议，此宋、元本题号先后之证也。

一、《清真集》当以淳熙官本为美赡。盖以强公继踵美成，广邑人之遗爱，聆歌者之雅声，远绍旁搜，手校墨版，陈义甚高，故视诸本所得倍之。尝谓两宋词刻，善本流传，在南宋为《白石道人歌曲》，云间钱希武以嘉泰壬戌刻于东岩之读书堂；北宋则《清真集》，晋阳强焕以淳熙庚子刻于溧水县斋者。独是姜词宋本有传刻，而清真阙然，亦一憾事。陈藏一《话腴》称："邦彦以乐府独步，学士贵人、市侩伎女皆知其词为可爱。"盖其提举大晟，每制一曲，名流辄依律赓唱，可知在宋时传钞袤刻，各本异同，不名一格。今行世者，最初为汲古本，亦最踳驳，其跋云："一名《清真集》，一名《美成长短句》，皆不满百阕。"余证以方千里和词才九十四首，杨泽民又次之，其叙第并与元巾箱本相符，惟阙卷末二首及杂赋类三十二首，当时未睹其全，好事辄合方、杨和章为《三英集》刊行。陈君衡《西麓继周集》追步在后，所得差多。将毛氏所谓"不满百阕者"，岂南宋坊刻罕睹足本耶？迨强焕为溧水长，网罗放失，厘为上下卷，始广其传。今毛本所辑百八十有四阕，证以强叙所称，数虽冥合，然强叙不言有注，而毛本则校注间存，疑多出子晋删节之馀，其所斥评注庞杂者，岂陈元龙补注即在其中？而词下每注"《清真集》不载"，或云"见《清真集》"，必其就词之多者杂连汇刊，又独嫁名于"片玉"，目元刻为宋椠，抑亦缪已。其《补遗》一卷十首，自谓取之清真诸本，与此错见者。近临桂王给谏半塘老人影明钞元巾箱本附集外词五十四首，即从汲古补入，又删其卷下《锁阳台》三首及补遗十首。惜陈振孙所录《后集》一卷，其书不传，无从勘其出入耳。

至《四库》集部所收，近今丁氏《西泠词萃》所重刻，篇卷题号，悉仍汲古之旧，于其讹舛，鲜所校正。其作十卷附注者，惟阮氏《揅经室外集》录目及汪阆原《艺芸书目》载之，其编分四时、单题、杂赋诸体，而阮、汪二家皆误以为宋椠。（汪目称"宋本详注十卷"，阮录谓"此宋陈元龙注释本"，并题曰"《详注片玉词》十卷"。）按元龙乃元人，为美成词补注，因命之曰《片玉集》，即孙京兆驾航所藏元刻《片玉词》，庐陵刘必钦叙称"漳江陈少章"其人也。半塘据以校明隆庆庚午盟鸥园主人影钞复所司李藏元人巾箱本，其编次百二十七首并分类体例，一一相符，特分卷与题号异耳。盖孙氏所藏元刻陈注十卷之本，即出于汪、阮旧录，以其分类卷数集注命名，考之悉合。按自《直斋书录》已标二卷，其《后集》当是续编，强刻厘为上下，则亦二卷，王刻明影钞元巾箱本，卷第正同。毛刻虽合三本为之，未必尽依旧次，而《汲古秘本书目》固称元板《片玉词》二本，昔黄荛翁尝谓所见毛氏珍藏之本，不必尽合于所刻，信然。今观其《跋刻片玉集》曰"宋刻二卷"，其《秘目》则称"元板二本"，实一书而前后自紊其标题，此宋、元本篇目多寡之证也。

一、《清真集》在宋时已有注本，《直斋书录》云："有曹杓字季中，号一壶居士，曾注清真词二卷。"元本已无称曹注者，则其书不传久矣，此为注本之初枿。玉田《词源》言杨守斋有《圈法美成词》，盖取其词中字句融入声谱，一一点定，如《白石歌曲》之旁谱，特于其拍顿加一墨围，故云圈法耳。梦窗《惜黄花慢》词叙云："吴江夜泊惜别，邦又赵簿携伎侑尊，连歌数阕，皆清真词。"毛开《樵隐笔录》云："绍兴初，都下盛行清真咏柳《兰陵王慢》，西楼南瓦皆歌之。"玉田词叙亦两记杭伎沈梅娇、吴伎车秀卿能歌美成曲，得其音旨。强焕叙言："式燕嘉宾，歌者果以公之词为首唱。"可知其词当南渡后，颇以雅管流传，一时胜寄。自元以来，大晟余韵，嗣音阒然，学者但赏其文藻，率于其举典隶事，强作解人，虽习见者，亦多所笺释。要之，词原于比兴，体贵清空，奚取典博！美成词切情附物，风力奇高，玉田谓其取字"皆从唐之温、李及长吉诗中来"一语，思过半矣。故词之有注，转为赘疣，且有因注而误者。如清真词《西河》（金陵怀古）"伤心东望淮水"，此数语实隐括刘梦得《金陵五题咏石头城》诗句，融会分明，而《草堂诗余》及毛刻注皆以"伤心"为"赏心"，草堂本引《诗话总龟》赏心亭故实，顿失作者本义。又《六丑》"断鸿"句，诸本"鸿"字确是"红"之讹，而汲古注引诗"天南断雁"之句以实之。考宋庞元英《谈薮》云："本朝词人用御沟红叶故事，惟清真乐府《六丑》'咏落花'见之，云：'恐断红上有相思字，何由见得。'"是宋人所见原本为"断红"可证。此类尚多，并是注者妄有所揞撼，以乱其真，甚无谓也。元刘肃叙称，陈少章病旧注之简略，遂详而疏之，宋以后所见注本仅此，其间旧注固无从条晰，而毛本删存及草堂所有者，同一猥杂，此宋、元本注释存佚之证也。

一、《清真集》分类体例，盖宋时已有刊行，据方千里和词次第，以考元巾箱本及陈注本，自"四时"至"单题"类，若合符节，千里固宋人，是宋本有分类可知。其"杂赋"一类三十二首，疑出于后之续编，校刻者不欲屡敓旧次，遂附卷末，别立一门。或陈振孙所谓"后集一卷"者此欤？否则"杂赋"诸词，尽可分入前编诸类，奚事他题？千里未见，故无和作耳。考分类之体，昉于昭明，宋人编订前贤专集，多沿其例，如刘后村《分门纂类唐宋时贤千家诗选》廿二卷，列十四门；赵孟奎《分类唐歌诗百卷》亦然。至于少陵、香山、东坡之集，皆有分类本行世。《士礼居藏书记》有乾道本《山谷词》一卷，亦是分类编纂。是《清真集》在宋已有类编之刻，可类推矣。元本未详所自，盖亦依据旧格，附注以行，非创体也。至强刻或从溧水官本搜辑，故视诸坊刻为多，论世知人，当时必以编年之例刊行于世，惜淳熙本世无传刻，仅见一叙。毛本义近编年，第所据宋刻多本，仍是元板之《片玉词》，其所谓"《清真集》《美成长短句》不满百阕者"，必非强刻百八十二章之本可知，是编年宋本散佚久矣。此宋、元本体例出入之证也。

囊尝取《白石词》为之编年补传，以其词叙自注岁月，旁征宋、元说部事迹，易于考见。今欲放其义例，编订《清真集》，为之诠第。其见诸说部者，集外轶事寥寥，惟王灼《碧鸡漫志》谓："《点绛唇》为美成归自京师饮于太守蔡峦子高坐中，见营伎岳楚云之妹，作此曲以寄之。"庞元英《谈薮》谓："本朝词人用御沟流红叶故实，惟清真乐府《六丑》'咏落花'见之。"又《挥麈录》载《瑞鹤仙》"悄郊原带郭"一首，谓是美成晚归泉唐乡里，梦中所得[1]。后兆方腊盗起，仓皇出奔，趋西湖之坟巷，遇故人之妾，小饮旗亭，归卧菴阁，恍如词中情境，继得提举洞霄宫，悉乎前作，美成因自记之。毛开《樵隐笔录》云："绍兴初，都下盛行周清真咏柳《兰陵王慢》，西楼南瓦皆歌之，谓之《渭城三叠》。以周词凡三换头，至末段声尤激越，惟教坊老笛师能倚之以节歌者。其谱传自赵忠简家。忠简于建炎丁未九日南渡，泊舟仪真江口，遇宣和大晟乐府协律郎某，叩获九重故谱，因令家伎习之，遂流传于外。"玉田《国香词叙》云："沈梅娇，杭伎也，忽于京都见之，把酒相劳苦，犹能歌周清真《意难忘》《台城路》二曲，因属余记其事。词成，以素罗帨书之。"又《意难忘》词叙："中吴车氏秀卿，乐部中之翘楚者，歌美成曲，得其音旨，余每听辄爱叹不已。"此数事尚足为词中佳证。至草窗《浩然斋雅谈》云："宣和中，李师师以善歌称，时邦彦为太学生，游其家，祐陵临幸，仓皇避去，赋《少年游》词所谓'并刀如水，吴盐胜雪'者，盖纪此夕事也。未几，李被宣唤，歌于上前，遂与解褐。"按强焕叙言"元祐癸酉春，公为溧水邑长"，是其作宰已在哲宗朝。癸酉属元祐八年，距宣和前廿余年，且《宋史》称其元丰中献《汴都赋》，召为太学正，安所谓"宣和中始为太学生"，其诬一也。《雅谈》又云："朝廷赐酺，师师又歌《大酺》《六丑》二解，上顾教坊使袁绹问之，绹曰：'此起居舍人新知潞州周邦彦作也。'上意将留行，且以近多祥瑞，将使播之乐章，命蔡元长叩之。邦彦云：'某老矣，颇悔少作。'"按《宋史·文苑传》言邦彦仕至徽猷阁待制，出知顺昌府，徙处州卒，未尝称其知潞州。玉田《词源》云:"崇宁立大晟府,命美成诸人讨论古音,八十四调之声稍传。美成复增慢曲引近,或为三犯、四犯之曲,依月律推之,其曲遂繁。"是其《六丑》犯六调之曲,当在提举大晟时所制,既非少作,且未尝以老辞,信而有证,其诬二也。《雅谈》又云:"起居郎张果廉知邦彦尝于亲王席上作小词赠舞鬟,即《望江南》'歌席上,无赖是横波'一阕,为蔡道其事,上知之,由是得罪。"按此又与前记师师事相反,岂出于一人之词一时之事,而一官荣落,以词始终?且祐陵既于宣幸之坊伎闻歌词而赏音,讵以藩邸之舞鬟因赠词而株累?时主爱才,必不出此,其诬三也。徐书如《鹤林玉露》引杨东山言《道藏经》"蝶交粉退,蜂交黄退",而误以为美成词"蝶粉蜂黄"出典,且斥其以"退"为"褪"之缪。《墨庄漫录》谓:"今人家闺房遇春秋社日,不作组纫,谓之忌作,引美成《秋蕊香》'闻知社日停针线'之句为证。"又《西湖游览志》称其以"顾曲"名堂,独载《意难忘》一曲,率评其词格类此。《词苑丛谈》又记其为溧水令,主簿之室有色而慧,每款洽于尊席之间,世所传《风流子》,盖所寓意,至妄谓其词中"新渌""待月"皆簿厅亭轩之名。又载:邦彦在师师家,闻道君至,匿床下,道君自携新橙一颗,云是江南初进,遂与谐谑。邦彦悉闻之,隐括成《少年游》。因师师歌,以直对。道君大怒,因加迁谪,押出国门。越日复幸,闻歌其《兰陵王》留别词,乃大喜,复召邦彦为大晟乐正。凡此皆小说家附会,或出之好事忌名,故作讪笑,等诸无稽。倘史传所谓邦彦疏隽少检,不为州里推重者此欤？《苕溪渔隐》谓"小词纪事，率多舛误，岂复可信"，洵知言也。若夫集中自叙，惟《西平乐》一词岁月可考。其云"元丰初，予以布衣西上"，是其未献赋通籍时可知。又云"后四十余年辛丑正月，避贼复游故地"，考神宗元丰元年戊午，汔徽宗宣和三年辛丑，正得四十四年，时以金狄之乱，中外骚然，美成至是，盖已老矣，故词云："身与塘蒲共晚。"其徙处州，当在宣和之季。又集中《隔蒲莲近》题云："中山县圃姑射亭避暑作。"《满庭芳》题云："夏日溧水无想山作。"《鹤冲天》题云："溧水长寿乡作。"此三阕当属元祐癸酉官溧邑时所作，证以强叙，称其所治后圃，有亭曰"姑射"，堂曰"萧闲"，皆取神仙中事，揭而名之，则所注"无想山""长寿乡"，亦其遗迹，足补强叙所未及。他如《少年游》题"荆州作"，《西河》题"金陵怀古"，《水调歌头》题"中秋寄李伯纪观文"，《鬓云松令》题"送傅国华奉使三韩"，《一寸金》题"新定作"，其人与地，间可考见时事，而未足尽为编年之助。足则能征，仍盖阙之例焉耳。综核其身世，盖生于治平之初，通显于元丰之季，哲宗一朝，宦游南北，多见诸词，崇宁内召，名在乐官。时已躬历三朝，回翔近侍，一麾江海，终老青田。至其词赋知遇，不可谓非遭际昌明，而少壮至老，踪迹所之，即《西平乐》一叙，亦略具颠末，感叹岁月，不啻自述其生平矣。

    光绪上章困敦之年大梁月既望，叔问校竟附记

■ **批**

[1] 此作凄寒幽艳,光景奇绝,都不类人间语,仙心鬼气得无梦,殆非虚言。稿本

附录

一、括庵题识[①]

　　四印斋景刻明钞元巾箱本《清真集》二卷《外词》一卷，大鹤山人校勘圈点，硃墨灿然，又《石芝西堪校订清真词》稿本一卷，王半塘、朱古微加识眉端，并藏吴兴刘氏嘉业堂。借录一过，汰其重复，竭三日之力毕之。注原次于调名之上，录王跋于毛跋之后，分卷分类，概加标识，以存王刻真相。壬申十月十五日录讫记。

　　冯梦华《六十一家词选》卷四《片玉词》若干阕，加圈眉端为识，大鹤山人批校为此本所无，复照录之。后二十日再记。

括庵

二、集评[②]

　　沈伯时云："凡作词当以清真为主，盖清真最为知音，且无一点市井气。"

---

① 按此条原在卷上首页。
② 按集评原在封面背页。

强焕云:"美成词模写物态,曲尽其妙。"

陈质斋云:"美成长调尤善铺叙,富艳精工。"又云:"美成多用唐人诗隐括入律,浑然天成。"

张叔夏云:"美成词浑厚,善于融化诗句。"

《四库提要》云:"邦彦本通音律,下字用韵皆有法度,故方千里和词——按谱填腔,不敢稍失尺寸。"

沈偶僧云:"邦彦提举大晟乐府,每制一词,名流辄为赓和,东楚方千里、乐安杨泽民全和之。"

贺黄公云:"周清真有柳欹花斞之致,沁人肌骨,视淮海不徒娣姒而已。"

周介存云:"美成思力独绝千古,如颜平原书,虽未臻两晋,而唐初之法,至此大备,后有作者,莫能出其范围矣。"又云:"读得清真词,多觉他人所作都不十分经意。"又云:"钩勒之妙,无如清真,他人一钩勒便薄,清真愈钩勒愈浑厚。"

彭羡门云:"美成词如十三女子,玉艳珠鲜,未可以其软媚而少之。"

三、郑文焯批语

此王幼遐前辈景明絜元巾箱本,旧有注,编次体例与孙稼航京兆所藏元刻庐陵陈元龙《片玉词》注本无异。惟此题号分卷尚仍其旧,曰"片玉"者,实仿于陈少章,据刘必钦叙知之。至分类之例,宋元时选刻昔贤诗词集最多,如杜工部、白香山集,旧本皆类编,清真词以分类为最初刻,证以方千里、杨泽民和词之诠第,谱止于兹编之杂赋类,其数适符,陈允平所得独多,则日湖追和在后可知。惜元钞讹脱时见,幼遐亦未之校雠,然词中分段如《垂丝钓》《隔浦莲近》,俱较汲古及戈校丁刻本为长,是旧刻之善者也。

光绪阏逢之岁大梁月老芝再识于半雨楼西窗

按明刻《草堂诗余》载秋霁一首,证以篇次前后,皆美成之作,则秋霁亦当属清真,第宋、元旧椠,盟鸥、汲古诸刻并未之录入,闻疑载疑云尔。余校美成词凡卅余过,正其讹敚所得实多。是本鹜翁据陈氏旧注之元本景刻明钞,不欲失其旧格,故未及校订误处,以征尽善。犹忆出京时鹜翁斥斥属录校本,将别为校勘记附刊卷末,至以余改定《双头莲》一曲上阕字句谓有神助,虽使美成复生,必无异词,是亦好之者不觉其誉之过也。余旅沽上三月,中更丧乱,卒卒未有以报鹜翁。今复旋吴阊,人事丛蕞,问事旧业,每一展诵是编,辄惧为冥冥之身。行将入浙,或于湖山胜处少得清致,重为校定,与许榆园商榷付锲,亦足为片玉荡涤纤瑕,且有以副良友箠诿,庶几幸甚。

叔问记,光绪戊戌之年十月朔日

余初得榆园翁刻本,校正讹舛,几无一阕不加墨。旋读是刻,又随笔补勘,凡前所订者,不复更录。亦间有复出,详略互异,参观之,思过半矣。

又及

昨见项城袁氏有宋板《清真集》——《片玉词》,始知陈少章刻片玉时在淳祐丙午,初以元人误。

丙辰冬中记于沪上

半塘老人附刻集外词,独失载《清真集》卷下《锁阳台》三首,又毛本补遗二首,未知所谓。按毛补者,多据《草堂诗余》,所录非无征之文也。①

幼遐王给事以庚子之变而去官,研生胡观察以太原之幸而得官,二子皆吾词友之深契。甲辰夏末既悲幼遐,秋末复悼研生,俱往之伤,风流顿绝。且皆殂于吴中,岂造物以此山水清虚之境,将以栖吟魄,为词人息壤邪?何夺之遽也,悲夫!

九日记

清真词校凡十数过,《西泠》丁刻本载之殆遍,可与是本互参阅也。

又及

昔与藻州张子市词兄研究是集,和韵殆遍。甲午秋末,邗上同舟,弥极唱酬之乐。匆匆十年,酒炉虽在,眇若山河。昨得陈伯弢书,知子市已于三月九日没于大荔县斋,辍弦之悲,使我心痗,欲以词哭之,凄哽不能成声,曷以告哀?此恨终古。

鹤记,时光绪癸卯四月旅沪②

---

① 按以上诸条,原在卷上封面后之空白页。
② 按以上三条,原在卷下末页,补遗之前。

《揅经室外集》《四库未收书目》有《详注片玉集》十卷，注：此宋陈元龙[1]注释本。元龙字少章，庐陵人。是书分春、夏、秋、冬四景及单题、杂赋诸体为十卷。元龙以美成词借字用意，言言俱有来历，乃广为考证，详加笺注焉。今半塘前辈从京兆假得元分类本，即阮氏所谓陈元龙详注本，洵元刻之善者也。予尝以诘半塘："何以不刻陈注？"则云："陋甚。"视汲古本所刊注语大略相似，而阮氏又极称其详博，何邪？是本又元刻而明人景写者，惜未一睹庐陵面目，观刘必钦叙言，亦谓其详而疏之，或有可采欤？《草堂诗余》间引美成词注，审是俗儒所为，且往往臆造杂引唐诗，诚如半塘言，则不如无注为洁净。即汲古注亦可省，子晋跋云："见旧注庞杂，一一削去。"所谓旧注者，不知谁何，《书录解题》所称"曹杓注本"，迄未之见，窃意以宋人注宋词，必有可观，故于此三致意焉。

叔问又记

■ 批

　　[1] 元龙乃元人，阮氏之失考已甚。

　　美成词取材于长吉诗中字句最多，如"身与蒲塘晚""病背伤幽素"之类，则不假裁制，而自成馨逸者已。①

---

① 按以上二条，在全书卷末。